Impact

Hagen Behring

Impact

Nach dem Einschlag

Bibliografische Information der Deutschen National-bibliothek:
Die Deutsche Nationalbibliothek verzeichnet diese Publikation in der Deutschen Nationalbibliografie; detaillierte bibliografische Daten sind im Internet über http://dnb.dnb.de abrufbar.

© *2015 Hagen Behring*

Cover: Komet Tschurjumow-Gerassimenko

Herstellung und Verlag: BoD – Books on Demand, Norderstedt

ISBN: 978-3-7386-1718-4

Inhalt

Prolog..7
1. Die Kriegerin..10
2. Der Irre...16
3. Erster Hinweis..21
4. Notruf...24
5. Neue Kleider..26
6. Steel...29
7. Perkins Road..36
8. Am Hafen...40
9. Im Keller..43
10. Gen Süden..46
11. Morlocs Braut...49
12. Der Trawler..51
13. Flucht...53
14. Angriff...55
15. Morloc ist zurück...58
16. Kampf mit dem Haigator.............................62
17. Morlocs Triumph...64
18. Gefangen auf der Seawolf...........................65
19. Morlocs Familie..67
20. In der Kühlbox..72
21. „Hochzeit"..74
22. Andrax!..80
23. Hommage an Tizian...................................86
24. Der wahre Steel...88
25. Zurück im Lager..95
26. Ende...100

Prolog

Am 8. Februar 2023 trifft der Komet *Tschuri* die Erde. Die Erdachse verschiebt sich und eine dicke Schicht aus Staub verdunkelt für Jahrhunderte den Planeten. Die Durchschnittstemperatur sinkt um zwanzig Grad. Es kommt zu einer Eiszeit.

Nach der Eiszeit ist die Menschheit dezimiert. Nur etwa zehn Prozent der Weltbevölkerung haben den Einschlag und die anschließende Klimaveränderung überlebt. Die Überlebenden jedoch sind degeneriert; abgesehen von den wenigen, die sich rechtzeitig in Sicherheit bringen konnten. Sie und ihre Nachkommen haben die dunkle Zeit in unterirdischen Bunkersystemen überdauert.

In dieses Zeitalter verschlägt es den Piloten Andrew Max, dessen Staffel beim Einschlag des Kometen durch eine Zeitverschiebung ins Jahr 2843 gerät. Nach dem Absturz rettet ihn ein wildes Kriegervolk. Sie nennen ihn Andrax. Zusammen mit der telepathisch begabten Kriegerin Tabea erkundet er diese für ihn so fremde Erde.

Durch den Kollaps des Sterns *alpha centauri*, eine Supernova, entsteht für wenige Mikrosekunden ein Paralleluniversum. In disem werden einige gefährliche Novitäten erzeugt und auf die Erde geschleudert. Mit einem Eraser spürt Andy die ersten davon auf und macht sie unschädlich. Doch dann werden er und Tabea wider Willen zum Mars befördert, wo sie in einen Bürgerkrieg geraten und genötigt werden, durch den Raum-Zeit-Beamer zur Erde zurückzukehren. Doch die Anlage ist defekt: Sie überspringen ganze sechzehn Jahre. Zunehmend treffen sie auf Androiden historischer Führer, die eine Gruppe, die sich *Blaue Ritter* nennt, als Statthalter einsetzt. In Glasgow rettet eine junge Frau Andys Leben: Zita, seine Tochter aus der Zukunft. Doch er weiß nicht, dass seine frühere Geliebte, die in einem Paralleluniversum verschollen ist, von ihm schwanger war.

In Schottland wartet ein Schock auf Andy und Tabea: Die Burg ihres Freundes McRulfan ist zerstört! Die Blauen Ritter haben die Herrschaft übernommen und wollen die Novitäten im *Hort der Weisheit* rauben. McRulfan zerstört sie alle und sein Sohn Julian schließt sich Andy und Tabea an. Er besitzt einen Rekombinanten, der sich von Blut ernährt und sich in jede Gestalt umformen kann. In der Schweiz werden sie und Zita Zeuge einer Katastrophe, die vom Forschungszentrum CERN ausgeht: Dort öffnet sich ein schwarzes Loch, nur so groß wie ein Stecknadelkopf, doch von verheerender Wirkung. Während Zita zum neuen *Hort der Weisheit* reist, treffen sie in Marseille erstmals auf die Blauen Ritter und können einen der Männer in metallisch-blauen Rüstungen gefangen nehmen. Sie nutzen ihn als Geisel. In seinen Gedanken liest Tabea von einem weiteren Statthalter, der Ende Mai London übernehmen soll: die Robot-Version von Professor Dr. Smooth, Andys verstorbenen Erzfeind. Andy und Tabea brechen nach Mekka auf, während Julian die Basis des Feindes in Nepal aufspüren will.

In New Orleans versucht das Paar den Translokator an sich zu bringen, eine Novität, die Kontakt zu den Toten herstellen kann. Dabei entdecken sie, wie die Blauen Ritter ihre Androiden programmieren – nämlich mit den Seelen, die sie sich mit dem Translokator holen. Andys tote Tochter Maria hilft ihnen, das Gerät unbrauchbar zu machen. In London plant Smooth bereits die Übernahme und hat sich mit den unterirdisch lebenden Muggelen verbündet. Andy und Tabea stoßen zu den Rebellen, um einerseits Smooths Plan zu vereiteln, aber auch General Groff und den Androiden Jako Koichi zu stürzen. Es kommt zur Entscheidungsschlacht auf dem Friedhof in Tottenham, wo auch Jack Smooth, der mit seinem Hass auf Andy die Programmierung der Blauen Ritter überwunden hat, mit seiner Muggel-Armee mitmischt. Am Ende ist Groff tot, die Muggele sind besiegt und von Smooth und Andy fehlt jede Spur.

1. Die Kriegerin

Tabea verzweifelte mehr und mehr. Was sollte sie nur tun? Seit sechs Tagen war Andrax nun schon spurlos verschwunden.

Sie saß auf einem klapprigen Holzstuhl und rang ihre Hände. Die Kriegerin befand sich in einem provisorisch errichteten Lager der neuen Sicherheitstruppe. Jessica Kontra war bei ihr. Benno Huhns Gefährtin sah so besorgt aus, wie Tabea sich fühlte. Sie stand an einem Campingtisch, der als Ablage für Geschirr und Büromaterial diente. Wachen liefen umher, irgendwo krächzte ein Funkgerät. „Die Pause tut uns gut", meinte Jessica.

Tabea nickte, obwohl ihr nicht nach Entspannen war. Fast eine Woche lang hatten sie alles nach Andrax abgesucht, doch er blieb wie vom Erdboden verschluckt! In den letzten Tagen hatte ihnen auch Jako Koichi bei der Suche geholfen, trotz der Feindschaft, die ihm immer noch von Seiten der Bevölkerung entgegen schlug. Sechzehn Jahre, in denen der Android dank eines eingepflanzten Chips als General Groffs Wachhund aufgetreten war, ließen sich nicht von heute auf morgen aus den Köpfen verbannen.

Im Rund des Steinkreises von Avebury hatte man Groffs künstlichen Körper gefunden. Ein umgestürzter Findling hatte seinen Oberkörper zerschmettert; der Tyrann war endgültig tot. Doch von Andrax gab es weit und breit keine Spur. Nur Fußabdrücke, die sich vom Kampfort entfernten – und einen abgestürzten Aeroplag, ein Fluggerät, das auch für Truppentransporte genutzt wurde, in der Nähe der steinzeitlichen Kultstätte.

Der Novitäten-Eraser war Tabea geblieben. Andrax hatte ihn vor dem Kampf auf dem Friedhof im Lager der Army-Truppen zurückgelassen und Mr. Bean hatte ihn in Verwahrung genommen.

Mr. Bean. Er kümmerte sich inzwischen als Bürgermeister um die Leitung der Stadt und versuchte das Chaos, das mit dem Machtvakuum in London ausgebrochen war, einzudämmen. Schrittweise erlangte er die Kontrolle und festigte seine Macht. Der König war immer noch im Exil.

Suchtrupps waren losgeschickt, Informanten befragt worden, sogar Plakate mit dem Konterfei von Andrax hatte man drucken und aufhängen lassen, doch immer noch gab es keine Spur. Inzwischen rechneten fast alle damit, dass der Mann aus der Vergangenheit tot und seine Überreste unauffindbar waren.

Allein bei diesem Gedanken bekam Tabea Magenkrämpfe und Tränen stiegen ihr in die Augen. Das durfte einfach nicht wahr sein. Sie weigerte sich, so etwas zu glauben.

Immer wieder musste sie an die Prophezeiung des Orakels denken: Getrennt marschieren, vereint schlagen! Als echte Kriegerin kannte sie ihren Clausewitz. Andrax auf der Seite der Menschen und sie auf der Seite der Götter. Nur gemeinsam konnte es gelingen. Die Worte gingen in ihrem Kopf herum und wiederholten sich wie ein eingängiges Mantra. Was für einen Sinn hat das alles noch, wenn ihr Andrax genommen wurde? Gerade jetzt, wo sie wieder zueinander gefunden hatten und ihrer Liebe eine neue Chance geben wollten. Noch einmal neu anfangen!

Sie spürte, dass er lebt. Es bestand für sie kein Zweifel. Sie würde ihn suchen und auch finden.

Ruckartig erhob sie sich von ihrem Holzstuhl.

„Wo willst du hin?", fragte Jessica Kontra.

„Ich muss unbedingt raus. Irgendwas machen. Das Rumsitzen und Nichtstun halte ich nicht länger aus."

„Gibt es irgendeinen Ort, wo wir noch nicht gesucht haben?"

„In der Kanalisation." Tabea rückte ihre Rückenkralle zurecht, in der ihr Schwert steckte. „Nach meinen Kenntnissen hat da noch niemand gesucht."

„Die Muggele hat gesagt..."

„Du glaubst diesem Gezücht?", erzürnte sich Tabea. „Mal ganz realistisch: Auch wenn die Körperesser jetzt stillhalten und ganz friedlich tun. Wir beide wissen, was sie kurz nach den Kämpfen mit den Gefallenen gemacht haben. Glaubst du wirklich, sie würden es zugeben, wenn sie auch Andrax..."

Sie sprach nicht weiter, denn das Bild, das in ihrem Kopf entstand, war zu widerwärtig. Trotzdem war es eine Möglichkeit, die sich prüfen musste.

„Du glaubst, er könnte...?"

„Nein!", schrie Tabea und schüttelte energisch den Kopf. „Ich glaube das einfach nicht. Aber wenn wir da unten nicht selber nachschauen, werden wir es niemals sicher wissen."

Jessica streckte sich."In Ordnung", sagte sie. „Ich begleite dich."

„Aber du wolltest doch deinen Mann unterstützen, oder?", fragte überrasch Tabea. Benno Huhn war aus dem geheimen Versteck der Rebellen nach London gekommen und half im Verteidigungsministerium aus. Hier konnte er am besten helfen, nachdem er im Krieg beide Beine verloren hatte. Gleichzeitig war er in der Nähe von Jessica und ihrem gemeinsamen Sohn. „Und auch Samuel Aiko braucht dich jetzt" fuhr Tabea fort. „Er wird bald mit Neuigkeiten aus der Besprechung mit Mr. Bean, Koichi und seinem Vater wiederkommen. Dann solltest du hier sein."

Jessica war sich unschlüssig. Natürlich wollte sie Tabea helfen. Andererseits hatte sie sich aber bereit erklärt, während der Sitzung die Stellung im Lager zu halten.

„Du kannst ja später nachkommen, falls es sich einrichten lässt", fuhr Tabea fort. Sie erklärte ihrer Freundin genau, an welcher Stelle sie in die Unterwelt hinabsteigen wollte. Dann brach sie auf.

Es hatte geregnet und aus dem Osten wehte eine frische Brise. Doch kaum war das Lager außer Sichtweite, kam die Sonne wieder heraus. Ihre Strahlen wärmten die Stadt, erhellten die Straßen und schufen Schattengebilde in den Nischen.

Tabea dachte an den Steinzirkel, in dem der Aeroplag abgestürzt war. Dort gab es eine letzte Spur von Andrax. Hatte man irgendetwas übersehen? Sie dachte fieberhaft nach. Unterwegs begegnete sie Regimentern und Londoner Bürgern, die ihrer Arbeit nachgingen. In der Nähe des Hafens stieg die Kriegerin durch einen Kanaldeckel in die Unterwelt hinab.

Hier unten war es stockdunkel. Der Gestank nach Verwesung und Fäkalien raubte jedem Lebewesen außer Ratten, Mäusen und Kakerlaken den Atem. Wassertropfen hingen an der Decke und fielen vereinzelt mit einem lauten Platschen zu Boden.

Vor Tabea lag ein Labyrinth aus dunklen Abwasser-Kanälen. Die Kriegerin gab ihren Augen etwas

Zeit, um sich an die Dunkelheit zu gewöhnen. Dann ging sie los.

Der Gestank wurde stärker, je weiter sie vordrang. Die Laufstege an den Rändern des Tunnels lagen voller Unrat, in der Mitte stand knietief die stinkende Kloake. Tabea sah den schlanken felligen Rücken einer Ratte auftauchen und wieder verschwinden.

Dann hörte sie ein Grollen.

Sie blieb stehen und lauschte.

Da war es wieder, einem weit entfernten schrecklichen Donner gleich. Es klang wie die rumorenden Gedärme eines schlafenden Ungeheuers. „Was ist das?", fragte sich Tabea verwundert und spannte unwillkürlich jeden Muskel an. Was war das?

Die Antwort kam eine Sekunde später. Das Grollen schwoll ohrenbetäubend an und der Boden begann so sehr zu zittern, dass er vor ihren Augen verschwamm.

Es war ein Erdbeben. Sie musste ins Freie. So schnell wie möglich.

Tabea rannte zum Ausstieg und stolperte. Rechts von ihr bildeten sich unter lautem Knacken Risse in der Kanalwand. Das Dreckwasser brodelte als würde es kochen.

Sie war fast draußen als sie stürzte und mit der Stirn gegen die Wand knallte. Die Kriegerin fühlte ihr Blut über das Gesicht laufen und stöhnte laut auf. Sie unterdrückte ihr Schwindelgefühl und klammerte sich an die metallenen Leitersprossen.

Zug um Zug kämpfte sich Tabea nach oben, bis sie endlich den Kopf aus dem Gully streckte und die Straße wackeln sah. Das Donnern des Bebens vermischte sich mit den Schreien der Einwohner. Mit sicheren Bewegungen kroch Tabea aus dem Schacht.

Sie hatte Mühe, sich auf den Beinen zu halten und steuerte in Richtung des Lagers. Die Gebäude um sie herum wurden durchgeschüttelt, Scheiben klirrten, Mauern brachen und Dächer stürzten ein.

Tabea eilte weiter. Sie hielt Abstand zu den Häusern. Doch auch auf der Straße bildeten sich Risse, manche wurden zu gefährlichen Spalten und Gräben. Sie sprang über einen Graben, der sich gerade vor ihr aufgetan hatte und schaffte es gerade noch zu einer Rasenfläche, als über ihr hängende Leitungen knisterten und Funken versprühten.

Jetzt hieß es: zurück zum Lager!

Sie rannte weiter, wobei sie sich bildenden Rissen im Boden geschickt auswich. Doch kurz bevor sie das Lager erreichte war das Beben vorbei. Aus den Trümmern drangen Schreie und verzweifelte Hilferufe. Der Staub nahm einem teilweise die Sicht.

Schwer keuchend ging die Kriegerin in die Hocke und betrachtete das Chaos um sich herum. Das Lager war zum größten Teil intakt geblieben. Andernorts aber quoll Rauch aus den Trümmern und Verletzte schrien. Irgendwo weinte ein Kind und schräg gegenüber humpelte ein Mann aus dem Haus. Er hatte eine klaffende Wunde am Bein. Der Schock betäubte offenbar seinen Schmerz.

Tabea befühlte ihre Stirn. Die Wunde, die sie sich im Kanal zugezogen hatte, war zum Glück nicht tief. Andere brauchten mehr Hilfe als sie. Sie erhob sich und hielt Ausschau nach Jessica Kontra. Jetzt gab es eine neue Situation. Sie würde erst helfen müssen, die Rettungs- und Aufbauarbeiten in Gang zu bringen. Erst danach konnte sie weiter nach Andrax suchen.

2. Der Irre

Morloc unternahm einen Spaziergang. Die frische Luft und die Sonne taten ihm gut und er genoss die Zeit nach dem Erdbeben, in der sich ihm und Seinesgleichen hervoragende Möglichkeiten boten. Man konnte nach Herzenslust plündern, vergewaltigen und morden; völlig ungestört. Es gab niemanden, der ihn daran hinderte. Die Behörden hatten genug mit dem Wiederaufbau und der Versorgung der Opfer der Katastrophe zu tun.

Morloc lachte böse in sich hinein. An der Ecke zur ehemaligen Tottenham Court Road begegnete er einigen anderen Plünderern. Morloc ignorierte sie und die anderen ließen ihn ebenfalls in Ruhe. Es war ein unausgesprochenes Einverständnis. Jeder ließ den anderen seinen Geschäften nachgehen und man kam sich nicht in die Quere.

Morlocs Gewerbe war aber nicht das Plündern. Er suchte etwas ganz anderes. Für ihn war Jagdsaison. Er jagte Menschen.

Während er an rauchenden Trümmern vorbeiging, suchten seine geübten Augen die Gegend ab. Er sah erschöpfte Bürger, die ihren Nachbarn beim Beseitigen der Trümmer halfen. Blasse, trotzige Gesichter mit verzogenen Lippen. Er sah hungrige und verzweifelte Kinder, aber es berührte ihn nicht. Heute war Morloc auf eine ganz bestimmte Beute fixiert.

Seine Hand umschloss das Messer in der Jackentasche, als er einen Tunnel sah, der unter einer Brücke durchführte. Die Wand bestand aus Quarzgestein. Es glitzerte in der Sonne.

Ein lautes Schaben ließ ihn stehenbleiben. An einem Ende des Tunnels tauchte ein langer Schatten auf. Schritte waren zu hören.

Morloc hatte das Messer halb aus der Tasche, als der Schatten sich verkürzte und ein Mann auftauchte. Der Kerl war groß, blond und ging mit unsicheren Schritten. Er war nur mit einem schmutzigen Tuch um die Hüften bekleidet und offensichtlich betrunken.Oder er wurde überfallen und seine Kleider wurden ihm geraubt.

Der Mann hatte eine Wunde am Kopf. Sie blutete heftig. Wahrscheinlich eine Folge des Bebens, dachte Morloc. Ihm könnte etwas auf den Kopf gefallen sein. Aber Morloc interessierte sein Aussehen Groß, blond, breitschultrig.

Er erinnerte an seinen Vetter Goody. Damit war er ideal für seine Zwecke.

„Hallo Fremder!" rief er dem Mann zu und hob die Hand.

Der Blonde blieb stehen und sah ihn an. Er machte den Eindruck, als habe durch den Schlag auf den Schädel auch sein Gehirn etwas abbekommen.

„Da haben Sie aber ganz schön was abgekriegt, was?" Nomann gab sich jovial. Der Mann griff sich an den Kopf und fuhr zusammen. „Eine böse Verletzung. Sieht gar nicht gut aus."

„Verletzung?"

„Vom Erdbeben. Da ist Ihnen bestimmt ein Stein auf des Kopf gefallen, was? Oder gleich eine ganze Mauer."

17

Wieder langte der Blonde an die Wunde. Mahnend hob Morloc den Finger. „Oh, das würde ich lassen. Sonst entzündet sich Ihre Wunde."

„Was?"

Morloc lächelte sardonisch. „Am besten du kommst mit mir. Dann werden wir dich schön verarzten." Er hakte den Verwirrten unter und zog ihn mit sich. „Wirst sehen, wenn wir bei mir zu Hause sind, fühlst du dich gleich besser. Da ist es schön warm und gemütlich."

Im selben Moment wurde ihm klar, was für einen Unsinn er da redete. Hier draußen herrschte eine Temperatur von fast dreißig Grad. „Du weißt schon, was ich meine." fügte er eilig an. „Ich versorge deine Wunde und dann gibt es was Feines zu essen. Und nach einer Runde Schlaf sieht die Welt schon ganz anders aus."

Habe ich ein Glück, dachte er. Dieser Trottel ist ein Geschenk des Himmels.

Morloc gelang es, den Fremden durch die Straßen zu ziehen. Seine Umwelt sah ihn als hilfreichen Mitbürger. Wie der Blonde ihn sah, war schwer zu erkennen. Der Bursche war kaum Herr seiner Sinne. Einmal schien es, als wüßte er kaum wer er war und woher er kam. Er blieb stehen, fuchtelte mit den Armen und brabbelte wirres Zeug. Morloc lächelte einem Passanten zu und zog sein Opfer weiter.

Sie erreichten die Perkins Road, die Straße in der Morloc wohnte. Es war eine der vielen Seitenstraßen, in der alle Häuser zum Verwechseln ähnlich aussahen: rote Klinkerbauten mit kleinen Treppen vor den Eingängen. Der alte O'Hara hatte Morloc erzählt, im fernen Amerika gäbe es ganze Orte, in denen alle Häuser und Straßen gleich aussähen.

O'Hara war ein Weltenbummler und Abenteurer gewesen, der von Amerika nach London gereist war. Und er hatte Opa James enorm ähnlich gesehen. Das war der Grund dafür, dass O'Hara nun ebenfalls an Morlocs Tafel saß.

Morloc sah sich um. Er hatte bei dem Beben Glück gehabt, einige seiner Nachbarn dagegen weniger. Sie waren mit Aufräumen beschäftigt und beachteten ihn kaum.

Er dirigierte den Blonden zu Eingang seines Hauses hoch. Das Messer drückte ihm dagegen unangenehm gegen die Leiste.

Damit würde es gleich vorbei sein.

„Einen Augenblick!" Er hielt den wankenden Fremden am Arm fest und öffnete die Tür. Im Halbdunkel des Flurs empfing ihn der vertraute modrige Geruch.

„Wo bin ich?" fragte der Blonde und sah sich erstaunt um.

„In Sicherheit" log Morloc und schloss die Tür. Er führte den Mann durch die Diele bis zu einer kleinen Nische. Dort setzte er ihn auf den Rand einer Blechwanne. Morlocs Herz klopfte vor Aufregung; er wischte sich die schweißnassen Hände an der Hose ab.

„Hier bin ich nicht zu Hause." krächzte der Blonde. „Was soll das? Meine Stirn, sie hämmert." Er schloss die Augen und rieb sich die Schläfe. Seine andere Hand tastete suchend nach den Wandfliesen.

Morloc sah ihn aus zusammengekniffenen Augen an. Er zog seine Jacke aus, hängte sie über den Haken an der Wand und fischte das Schlachtermesser aus der Tasche. „Entspann dich, Goody" sagte er.

„Ich heiße nicht Goody, ich ..." Der Blonde verstummte. Er war völlig erschöpft und konnte die Augen kaum noch offen halten.

Breitbeinig stellte Morloc vor den Mann hin. „Mein Freund" flüsterte er, „von nun an bin ich derjenige, der sir sagt, wie du heißt."

Als er das Messer hob, machte sich unbändige Erregung in ihm breit...

3. Erster Hinweis

Am nächsten Tag: Das Beben nur kurz gewesen, aber sehr heftig. Sie hatten den ganzen gestrigen Tag mit Aufräumen und der Versorgung von Verletzten zu tun gehabt. In der darauf folgenden Nacht hatte Tabea kaum geschlafen und war schon früh wieder auf den Beinen gewesen.

Sie wollte gerade aufbrechen, um die Suche nach Andrax fortzusetzen, als Jessica ihr Neuigkeiten überbrachte: „Ich habe heute eine gute und eine schlechte Nachricht. Welche willst du zuerst hören?"

„Die schlechte."

„Mr. Bean hat über Funk eine Warnung an alle Sicherheitskräfte ausgegeben. Nach dem Beben sind überall Plünderer unterwegs. Für dieses Lumpenpack war das Beben ein gefundenes Fressen, im wahrsten Sinne des Wortes. Wir solle uns nur noch bewaffnet in der Stadt bewegen."

Tabea deutete mit dem Daumen hinter die Schulter, wo das Schwert in der Rückenkralle steckte. „Ohne das gehe ich nirgendwo hin. Und die gute Nachricht?"

Jessica Kontra grinste breit. „Es gibt zwei Zeugen, die behaupten Andrax gesehen zu haben. Jedenfalls treffen ihre Beschreibungen auf ihn zu."

Tabeas Herz schlug schneller. „Wo haben sie ihn gesehen?"

„Der eine Ecke Main Street, Gloster Road, der andere an der Themse, Ende der Baker Street. Die führt direkt zum Hafen. Dort soll man Andrax auf einer

Trage auf ein Schiff verfrachtet haben. Möglicherweise ist er verletzt."

„Wann sind die Meldungen reingekommen?"

„Eine gestern abend, die andere heute früh. Die erste hat uns wegen dem Durcheinander erst mit Verspätung erreicht."

„Dann sollten wir uns beeilen und getrennt vorgehen", sagte Tabea. „Ich übernehme den Hafen und du den anderen Hinweis. Einverstanden?"

„Moment!" Jessica legte ihr die Hand auf die Schulter. „Mr. Bean sagte, dass besonders am Hafen brutale Banden operieren. Und rund um die Gloster Road gibt es gehäuft Vermisstenmeldungen."

„Dann fordere Verstärkung an!", erwiderte Tabea bissiger, als sie es eigentlich wollte. „Ich komme allein zurecht." Der Gedanke, dass das Schiff mit Andrax an Bord bereits ausgelaufen sein könnte, ließ sie nicht los.

„Du weißt, dass wir niemanden im Lager entbehren können, Tabea", sagte Jessica leicht eingeschnappt. „Wir müssen an die Verletzten denken. Noch immer sind viele Leute verschüttet."

„OK, tut mir leid", lenkte Tabea ein. „Dann gib Mr. Bean Bescheid, dass er Verstärkung schicken soll, sobald Leute frei werden. Ich kann aber nicht darauf warten. Jede Minute wird die Spur kälter."

Jessica Kontra nickte. „Verstehe ich. Dann lauf los. Ich kümmere mich um alles andere."

Tabea ließ sich noch die Beschreibung des Zeugen am Hafen geben, dann brach sie auf.

Draußen erwartete sie eine heiße Sommersonne. Doch ihre Strahlen vermochten die Düsternis in ihrer Seele nicht zu vertreiben.

Sie hatte das deutliche Gefühl, dass Andrax etwas zugestoßen war. Etwas, das ihr Gefährte möglicherweise nicht überlebt hatte.

4. Notruf

Nachdem sie Mr. Bean kontaktiert hatte, kam Jessica Kontra nicht gleich dazu, zur Gloster Road aufzubrechen. Ein Notruf erreichte sie. Sie lief zu einem qualmenden Gebäude, aus dem gräßliche Schreie gellten. Zusammen mit zwei männlichen Hilfskräften stürmte sie in den offenen Hausflur.

Ihnen bot sich ein Bild des Grauens. Unter eingestürzten Balken lag eine alte Frau. Ein Mädchen versuchte sie hervorzuziehen, weinte und schrie dabei. Anscheinend war die Frau ihre Großmutter.

Jessica erfasste die Situation mit einem Blick. Die Balken glommen, die Holztreppe dahinter brannte. Offenbar waren Teile des ersten Stocks als Folge des Bebens eingestürzt. Woher das Feuer kam, war nicht schwer zu erraten. Offene Feuerstellen waren hier gang und gäbe.

Jessica eilte zu dem Mädchen, nahm es mit beruhigenden Worten zur Seite und stemmte sich gegen die herabgestürzten Balken. Der Rausch stach in die Lungen, ihre Augen tränten. Die Alte rührte sich nicht.

Die beiden Männer kamen Jessica zu Hilfe. Einer verbrante sich die Finger und fluchte laut. Die Alte stöhnte. An ihrem Hinterkopf klaffte eine Wunde. Alles war voll mit Blut.

Sie hatten die Balken gerade beiseite geschafft, als es über ihren Köpfen bedrohlich knackte. „Achtung!" rief einer der Männer, da krachte die Decke oder was von ihr über war auch schon runter. Jessica warf sich zur Seite, doch ein Brocken erwischte sie am Schenkel. Einen Moment glaubte sie, ihr Beim würde abgerissen. Steine und Holz krachten laut polternd zu Boden, vor Staub konnte man fast nichts mehr sehen.

Jessica musste husten, es schüttelte sich. Der Staub fraß sich in ihre Lunge. Sie lag an der Wand und konnte nur etwa einen Meter weit sehen. Das Mädchen schluchzte. Einer der Männer fluchte laut.

Jessica stand auf. Sie versuchte sich freie Sicht zu verschaffen, indem sie mit der Hand wedelte.

Einer der Männer stand am Eingang. Er hatte es geschafft, die alte Frau zu retten, bevor die Deckentrümmer genau an der Stellen runtergekommen waren, wo sie vorher gelegen hat. Katleen seufzte erleichtert.

Sie kletterte über Steine und zersplitterte Balken. Jetzt sah sie auch den anderen Mann. Er stand im Freien und hielt das Mädchen im Arm.

„Der Rest von dem Gebäude könnte auch noch einstürzen. Gehen wir besser auf Abstand." sagte Jessica. Die Männer brachten die Frau und das Mädchen über die Straße. Nachbarn eilten mit Wassereimern herbei um den Brand zu löschen. Jessica erkundigte sich nach den Eltern des Mädchens. Offenbar waren sie unterwegs, um nach der ältesten Tochter zu suchen. „Es gibt viele Vermisste." sagte ein älterer Nachbar.

Jessica nickte. Hier war jetzt alles unter Kontrolle; nun konnte sie sich endlich um die Sichtung in der Gloster Road kümmern.

„Hoffentlich ist an der Aussage was dran.", dachte sie. Dabei beschleunigte sich ihr Schritt

5. Neue Kleider

Morloc war außer Haus. Die Hitze war noch unerträglicher geworden, die grellen Sonnenstrahlen schmerzten in seinen Augen. In der Ferne flimmerte der Asphalt.

Er ging die Straße entlang mit einem Sack über den Schultern. Sein Ziel war die Schneiderei von Freddy Gross. Morloc brauchte dringend Kleidung für den Blonden.

„Ich muss etwas finden, was Vetter Goody gefällt", dachte Morloc und kicherte böse. „Bald ist die Familie wieder vereint..."

Neun Menschen brauchte er, bevor er die Zeremonie vollziehen konnte. Es war Brauch, dass die ganze Familie bei einer Hochzeit anwesend war. Bei seiner Hochzeit, die bald stattfinden würde.

Morloc ging weiter, ein Lied pfeifend. Er tastete nach dem Fleischermesser unter seiner Weste. Es fühlte sich gut an.

Von der Bates Avenue bog er in die Marnie Street und erreichte den Leicester Square. Aus einer Seitenstraße kam ein Sicherheitstrupp hervor. Morlocs Nackenhaare richteten sich auf.

Er wechselte die Straßenseite. Dabei musste er an seinen Vetter denken, der für die Armee arbeitete und dem er seine Freiheit verdankte. Eine zerbrechliche Freiheit. Wenn man ihm auf die Schliche kam, bevor seine Tarnung perfekt war, würde man ihn jagen und wieder einsperren. Deshalb blieb er bei allem, was er tat unauffällig.

Morloc sah den Trupp hinter der nächsten Biegung verschwinden. Gleichzeitig geriet die Schneiderei in sein Blickfeld. Auch in diesem Viertel hatte bis vor kurzem noch Chaos geherrscht. Einige Häuser waren eingestürzt. Durch Brände wehten schwarze Rauchwolken über die Straßen. Man konnte vereinzelt Schüsse hören und in der Ferne heulte eine Sirene.

Morloc sah sich nochmals um. Er hatte freie Bahn.

Vorsichtig ging er über den Bürgersteig. Jemand hatte die Frontscheibe der Schneiderei eingeschlagen, die Reste der Scheibe hingen noch im Rahmen. Es knirschte, als Morloc über die Scherben ging und durch die offene Tür den Laden betrat. Offensichtlich waren ihm Plünderer zuvorgekommen. Die Regale waren fast leer. Er durchsuchte die Fächer hinter der Verkaufstheke. Dann öffnete er den Sack und begann, einzupacken.

„Was machst du denn da?", fragte plötzlich eine Stimme hinter ihm.

Morloc fuhr herum. Vor ihm stand ein Mädchen mit blonden Zöpfen. „Hast du mich aber erschreckt", sagte er erleichtert.

„Was machst du da?", wiederholte die Kleine ihre Frage energisch. Ihr Blick sah nicht so aus, als ob sie Morlocs tun billigte.

„Nach was sieht es denn aus?"

„Du nimmst Sachen, die dir nicht gehören."

„Woher willst du das denn wissen?"

„Ich weiß es eben."

„So, so." Morloc ließ den Sack los, beugte sich vor und stützte die Hände auf die Knie. „Streunst du ganz alleine hier herum? Wie alt bist du eigentlich?"

„Sieben."

„Gehörst du zur Familie? Ist Freddy Gross vielleicht dein Vater?"

Sie nickte.

„Wo sind deine Eltern?"

Das Mädchen schwieg.

Morloc richtete sich auf und zog sein Fleischermesser unter seiner Weste hervor. „Antworte!"

Die Kleine wich zurück und schüttelte den Kopf.

„Ich könnte dich abstechen."

„Machst du ja doch nicht."

„Und wenn doch?" Morloc grinste schief und tat einen Schritt auf sie zu. Das Mädchen machte auf dem Absatz kehrt und rannte auf die Straße.

„Freches Gör!", dachte Morloc. Er steckte schnell noch ein paar Hosen in den Sack und verließ den Laden. Die Kleine würde ihn bestimmt verraten. Bis Gross oder sonst jemand zurück kam, musste er verschwunden sein.

Wo steckte der Schneider überhaupt? Sonst ließ er seinen Laden doch nie im Stich. Gerade in so einer Situation.

Als Morloc um die Ecke bog, wusste er die Antwort. Gross lag auf einigen Brettern und seine Frau versorgte sein verletztes Bein. Das Mädchen erzählte seinen Eltern, was passiert war.

Morloc duckte sich und schlich sich vorbei. Ein Haus weiter begann er zu rennen. Bloß weg hier!

6. Steel

Auf ihrem Weg durch die Stadt bekam Tabea die Folgen des Bebens im vollen Umfang zu Gesicht. Es war kurz aber heftig und mit verheerenden Folgen. Menschen kletterten auf Schuttbergen herum und suchten nach Vermissten. Tote wurden geborgen, eine Frau schaufelte mit bloßen Händen eine Kelleröffnung frei. Tabea wollte schon ihre Hilfe anbieten als Sicherheitsleute kamen und sich um die Frau kümmerten.

Erleichtert, keine Zeit zu verlieren ging die Kriegerin weiter, nahm eine Abkürzung zum Hafen durch eine Seitenstraße. Die Sonne brannte auf dem Schutt, es roch nach Kalk und Putz.

Tabea bekam eine Gänsehaut. Diese Straße war wie ausgestorben. Verlassen lagen die Häuserzeilen da und kein Laut war zu hören.

Ihr Instinkt mahnte sie zur Vorsicht. Diese Stille war unnatürlich. Hier war garantiert etwas faul. Sie ging vorsichtig weiter.

In dem Gebäude auf der rechten Seite hingen die Türen schief in den Angeln, die Fernster waren geborsten. Überall lagen Scherben und glitzerten in der Sonne.

Sie hörte einen Pfiff und darauf lautes Lachen.

Tabea zog ihr Schwert. Wer immer da zu Scherzen aufgelegt war – er würde es mit ihr zu tun bekommen.

Eine Blechdose kam aus dem Haus gerollt. Die Kriegerin ging in Kampfposition. Aus dem Flur ertönte ein lautes Singen.

Plötzlich endete der Gesang und hinter ihr schlurften Schritte. Tabea fuhr herum und sah einen Mann direkt auf sich zukommen. Er trug einen dunklen Mantel und sein Schlapphut war tief ins Gesicht gezogen.

In seiner Faust blitzte ein langes Messer.

Tabea hob ihr Schwert. Es erklang abermals Gelächter. Sie blickte kurz zu dem Haus hinter sich und sah einen jungen Mann am Eingang stehen. Die obere Hälfte seines Gesichts war mit schwarzer Farbe bemalt. In seine Haare waren Nägel eingeflochten.

Links von Tabea schepperte es und jetzt wusste sie, dass es eine Falle war. Sie ging in die Straßenmitte, als sie von allen Seiten aus ihren Verstecken kamen: fünf, sechs Kerle mit Knüppeln und Messern bewaffnet. Jessicas Warnung kam ihr in den Sinn: Mr. Bean sagte, dass besonders am Hafen brutale Banden zugegen sind.

„Die weiß wohl nicht, dass die Gegend hier gefährlich ist", sagte der Kerl am Eingang. Unverkennbar der Bursche, der gesungen hatte.

„Vielleicht sollten wir es ihr sagen, Ken." In Tabeas Blickfeld schob sich ein grinsender Hühne, dem eine Hand fehlte. In der anderen hielt er eine Sichel..

Tabea drehte sich und erfasste die Situation augenblicklich. Der Mann mit dem Schlapphut, der Hühne und der Kerl an der Schwingtür, dazu zwei weitere Galgenvögel, die sich schräg von der gegenüberliegenden Seite näherten. Auch ihre Gesichter waren bemalt.

„Was soll das werden?" fragte sie. „Hirnlose Typen klopfen üble Sprüche? Beeindruckt mich gar nicht."

Der Mantelmann schob den Hut hoch. Ein hässliches Grinsen stach aus seinem Stoppelbart. „Hätte mich auch gewundert, schönes Mädchen. Du siehst nicht so aus, als würde dir das zum ersten Mal passieren."

„Und trotzdem riskiert ihr einen Kampf?"

„Aber ja, Schätzchen! Wir sind zu fünft und du bist allein. Und ein Prachtweib."

Mit diesen Worten griff er an.

Tabea sprang zur Seite und tauchte unter dem Hieb weg. Mit einem weiteren Sprung zur Seite entging sie dem Messerstich.

Nun war sie an der Reihe. Ihre Schwertklinge zog flirrend durch die Luft und schlitzte einem Angreifer die Brust auf. Der Hühne trat nach ihr, aber die Kriegerin glitt leichtfüßig zur Seite und hackte ihm die Klinge in den Oberschenkel.

Schreiend ging der Mann zu Boden, Blut spritzte aus der Wunde und besprenkelte die Straße. Anscheinend hatte sie eine Arterie getroffen.

Der Mantelmann stieß das Langmesser nach Tabea. Sie zog den Bauch ein und nur die Spitze berührte ihre Haut. Sie versetzte ihm einen satten Tritt gegen die Kniescheibe, drehte sich und rammte dem zweiten Bemalten das Schwert in den Unterleib. Der Kerl röchelte, schaute sich ungläubig um, und brach zusammen. Tabea schrie wild, zog die Klinge hervor und wollte sich drehen, doch dieses Mal war sie zu langsam.

Ken, der Kerl mit den Nägeln im Haar, hatte Anlauf genommen und sprang ihr ins Kreuz. Sie flog nach vorn, hinein in den Faustschlag des Mantelmannes.

Seine Faust krachte mit der Wirkung einer Dynamitladung in ihr Gesicht. Sterne zerplatzten vor Tabeas Augen, dann sah sie den Asphalt auf sich zurasen. Das Schwert entglitt ihrer Hand, sie prallte auf, schmeckte Blut und Staub.

Instinktiv wälzte sich die Kriegerin herum und winkelte die Arme an, presste sie fest an Kopf und Oberkörper. Kens Fußtritte trefen somit ihre Fäuste und nicht die Schläfen, was ihr die Besinnung geraubt hätte.

Als auch der Mantelmann zu einem Tritt ausholte, gelang es Tabea, sich zur Seite zu rollen. Ihr Fuß rammte gegen sein Schienbein und brachte ihn zu Fall.

Aus den Augenwinkeln sah sie, wie Ken Anstalten machte, mit beiden Beinen auf ihre Brust zu springen. Im selben Moment hörte sie ein schwirrendes Geräusch, etwas blitzte im Sonnenlicht auf, dann wurde Kens Kopf nach hinten gerissen.

Unter seinem Kinn steckte plötzlich ein Messer. Ken riss die Augen auf und wollte es herausziehen. Er kam aber nicht mehr dazu. Blut sprudelte aus der Wunde am Hals und lief über seine Hände. Dann kippte er zur Seite.

Der Mantelmann sah sich um. Tabeas Chace! Sie kam hoch, griff nach dem Schwert. Doch da war ihr geheimnisvoller Retter schon zur Stelle.

„Hey, Arschloch!"

Der Mantelmann duckte sich, als hätte man ihm einen Peitschenhieb verpasst. Alle seine Kumpane lagen tot auf der Straße; mit dieser Dezimierung seiner Bande hatte er nicht gerechnet. Tabea glitt mit einer katzenhaften Bewegung und erhobenem Schwert auf den Gehsteig und hatte nun die Häuserwand im Rücken.

Ein Mann sprang vom Dach eines Anbaus. Er trug ein ärmelloses, geflecktes Hemd, dazu Hose und Stiefel eines Soldaten. Sein Gesicht unter einem Helm mit Nasenschutz war scharf geschnitten, sein Lächeln ähnelte dem eines zähnefletschenden Puma.

Er stolzierte auf sie zu, als würde ihm die Straße gehören. Die Muskeln an seinen nackten Oberarmen bewegten sich unter der Haut wie Kugeln, als er sein zweites Messer hochwarf und wieder auffing. „Bist du noch nicht weg?" fragte er wie beiläufig den Mantelmann.

Der Kerl kniff die Lippen zusammen und bewegte sich langsam rückwärts. Dann drehte er sich um und lief davon.

Tabea nickte, als er verschwunden war. Dann rieb sie sich das schmerzende Kinn und wandte sich dem Ankömmling zu. „Und jetzt? Willst du weitermachen, wo diese stinkenden Kreaturen weitergemacht haben, oder darf ich mich bedanken?"

„Du darfst dich bedanken."

„Und wie komme ich zu der unverhofften Rettung?"

Er steckte das Messer weg und lächelte. „Ich sah eine verwandte Seele kämpfen und wollte abwarten, wie es ausgeht."

„Du hast also zugesehen und erst dann eingegriffen, als ich in Bedrängnis war?" fragte Arula entgeistert, während sie automatisch ihr Schwert an Kens Hemd abwischte und es zurück in die Rückenkralle schob.

„Sagen wir: Ich wollte abwarten, wem ich zur Hilfe eilen muss." Entwaffnend grinste er sie an.

Der Kerl schaffte es Tabea ein Lächeln zu entlocken. Sie sah zu, wie er sich sein zweites Messer holte und es in die Gürtelscheide steckte. Dann reichte er ihr die Hand. „Steel. Kodo Steel."

„Tabea" stellte sich die Kriegerin vor.

„Interessantes Muster" sagte er mit Blick auf die hennafarbenen Körperlinien. „Was machst du in dieser Gegend?"

„Ich wollte zum Hafen, sonst nichts."

„Darf ich dich begleiten?"

„Wozu?"

„Zum Schutz."

Wieder dieses Lächeln. Tabea kam nicht umhin, Gefallen an dem Mann zu finden. Er hatte größere und kleinere Narben auf seinem Körper, wie sie feststellte. Nicht alle seine Kämpfe waren wohl glücklich ausgegangen. Das verlieh ihm eine gewisse Größe. „Ausnahmsweise", sagte sie.

Sie ließen die Straße hinter sich und erreichten einen weitläufigen Platz. Von dort zweigte eine Promenade ab, die direkt zum Hafen führte.

Sie kamen ins Gespräch und Steel erklärte ihr, dass er sich als Söldner verdingte, nachdem er wegen einer dummen Sache, wie er es nannte, bei der Army seinen Abschied nehmen musste. Im Moment sei er wie viele andere damit beschäftigt, nach dem Sturz des Tyrannen London zu befrieden.

„Willst du raus aus der Stadt?" fragte er.

„Weil ich zum Hafen will?" Tabea schüttelte den Kopf. „Nein, ich suche jemanden, der dort gesehen wurde."

„Und wen?"

„Einen Mann namens Andrax."

Steel stieß einen Pfiff aus.

Tabea sah ihn überrascht an. „Du weißt, von wem ich spreche?"

„Aber sicher. Von Commander Max. Der Mann ist eine Legende in London."

„Dann sollte es eigentlich um so leichter sein, ihn zu finden."

„Ist es das nicht?"

„Leider nein." Sie schnaubte durch die Nasenlöcher. „Wir suchen ihn schon seit einer Woche. Erfolglos."

Steel kratzte sich am Mundwinkel. „Tja, aber was willst du dann am Hafen? Denkst Du, er ist mit einem Schiff weggefahren?"

Tabea klärte ihn auf. Sie sah keine Gründe, die dagegen sprachen. Je mehr Leute Bescheid wussten, desto größer war die Chance Andrax zu finden.

Steel erklärte ihr, er könne ihr möglicherweise helfen. Er hätte genügend Bekannte im Hafen, die ihm Auskunft gäben. „Fremden gegenüber schweigen die Kerle wie ein Grab", sagte der Söldner, „aber es gibt den einen oder anderen, der mir noch einen Gefallen schuldet. Ich bin mir sicher: Wenn Max am Hafen war, dann finden wir auch seine Spur."

Tabea wollte gerne daran glauben, doch es blieben Zweifel. Und die Frage, ob sie ihn auch lebend aufspüren würden. Dieses Gefühl, dass Andrax etwas zugestoßen war, wollte einfach nicht weichen.

Im Gegenteil – es wurde von Minute zu Minute schlimmer.

7. Perkins Road

Jessica Kontra erreichte die Perkins Road. Auch hier waren etliche Gebäude nur noch Trümmerhaufen. Die unbeschädigten sahen alle nahezu gleich aus: schmale rote Steine.

Sie klapperte die Häuser ab und fragte nach dem Mann, der sich bei den Wachen gemeldet hatte. Doch niemand konnte ihr weiterhelfen.

Aus einer Seitenstraße drang plötzlich Geschrei. Jessica spähte um die Ecke. Zwei Frauen stritten sich um ein Butterfass, während zwei Männer versuchten, sie zu beruhigen. Mehrere Kinder und Jugendliche rollten Steine von einem eingestürzten Viehstall. Von Biegen umkreist und eingebettet in weißem Staub, lag eine erschlagene Kuh am Straßenrand. Ein Nachbar von gegenüber schaute den Streitenden zu und grinste belustigt.

Jessica näherte sich den Leuten um den Streit zu schlichten. Doch niemand beachtete sie.

Sie wollte schon kehrtmachen, als einer der Jugendlichen auf sie zutrat. Er trug ein zerrissenes Unterhemd, das seine noch wenig entwickelten Muskeln hervorhob. Er kratzte an seinem Pickel an der Stirn rum. „Was ist den los, Lady?"

Besser als nichts, dachte Jessica und sagte: „Es geht um den Vermissten. Um den Blonden auf den Plakaten."

Der Junge blinzelte und schirmte mit der Hand seine Augen von der Sonne ab.

„Diesen Andrax?"

„Genau den", antwortete Jessica.

„Mom!" Der Jugendliche wandte sich den Frauen zu und schrie dann so laut, dass sie aufhörten zu streiten. Sie und die Männer sahen verwundert in seine Richtung. „Was ist denn?" fragte die eine barsch. Ihre Augen funkelten wild. In ihren Haaren hingen alte Drahtspulen, die wohl als Lockenwickler dienten.

„Die Lady sucht den Vermissten von den Plakaten", sagte der Junge.

„Na und?"

„Da ist doch ne Belohnung ausgesetzt, oder nicht?" Er wandte sich Jessica zu. „Oder nicht?"

Sie trat vor. „Ich möchte nur wissen, ob jemand von euch deswegen mit den Wachen gesprochen hat."

„Von uns keiner", sagte eines der Mädchen und auch die Männer schüttelten den Kopf.

„Woher willst du das wissen?" schnauzte die zweite Frau das Kind an. „Wie ich deine Mutter kenne, plaudert die ständig mit den Wachen. Und zwar im Bett, wenn dein Vater gerade nicht da ist."

„Nimm das zurück, alte Hexe!" kreischte die Frau mit den Drahtspulen und zog die andere an den Haaren. Die Männer versuchten wieder, den Streit zu schlichten.

Jessica wollte gehen. Da hörte sie jemanden rufen. Der Nachbar von gegenüber winkte sie zu sich.

Jessica ging zu ihm. Der Mann war mittleren Alters, hatte dunkle Haare und war nicht unattraktiv. „Sie suchen jemanden?" fragte er.

Jessica klärte ihn auf. Der Mann hörte geduldig zu und nickte dann. „Ich kann Ihnen sagen, wer die Wachen informiert hat. Das war ich."

Jessica war überrascht; sie hatte nicht erwartet, so rasch fündig zu werden. „Sie haben den Vermissten also gesehen?"

„Aber klar."

„Und Sie sind sicher, dass es sich um Andrew Max alias Andrax handelt?

„Kein Zweifel. Es sei denn, er hat einen Doppelgänger. Er sah aufs Haar so aus wie auf den Plakaten." Er fing an, Andy zu beschreiben, aber der Streit der Frauen wurde immer lauter. Er bat sie ins Haus.

Im Haus war es dunkel und stickig, es roch streng wie nach alten Schuhsohlen. Vor ihr lag ein langer Flur, von dem mehrere Gänge abzweigte.

„Mein Name ist Morloc", stellte sich der Mann vor.

„Angenehm. Ich heiße Jessica. Können Sie mir genau sagen, wohin Commander Max gegangen ist und was er getan hat?", fragte sie sogleich. Sie wollte nicht länger bleiben als nötig.

Morloc nickte. „Eine Weile habe ich ihn verfolgt, aber er ist mir entwischt. Ich kann Ihnen die Stelle zeigen, wo ich ihn zuletzt gesehen habe."

Er ging weg um einen Stadtplan zu holen. Jessica bemerkte erst jetzt diesen süßlichen Geruch, der draußen nicht wahrzunehmen war. Sie wollte nach der Quelle schauen, aber beherrschte sich zunächst.

Doch dann siegte die weibliche Neugier. Morloc kramte im oberen Stockwerk in irgendwelchen Schubladen und würde wohl noch lange dauern, bis er den Stadtplan gefunden hat. Bis dahin würde sie längst wieder an ihrem Platz sein.

Ein Insekt flog an ihr vorbei, in Richtung der hinteren Zimmer. Wurde es von dem Geruch angelockt?

Jessica folgte dem Tier bis zum Flurende. Überall war Staub. Auf der rechten Seite stand eine Tür offen. Jessica schaute hinein. Der Geruch kam eindeutig von hier. Sie machte die Tür ganz auf und betrat den Raum. Vor ihr stand ein Ohrensessel, mit dem Rücken zu ihr.

Leise ging sie auf den Sessel zu. Ein dicker Teppich dämpfte ihre Schritte.

Dann sah sie es. In dem Sessel saß ein blonder Mann, regungslos, die Arme auf den Lehnen. Sie sah nur seinen Hinterkopf. Die Haare standen ab. War das Andrew Max?

Sie ging auf dem Mann zu, wollte seine Schulter berühren.

Da hörte sie hinter sich ein Schritte.

Jessica fuhr herum, aber es war zu spät. Bevor sie zur Waffe greifen konnte, spürte sie einen Stich in der Leistengegend.

Morloc jagte den gesamten Inhalt der Spritze in ihren Körper. Ihr sackten die Beine weg.

Morloc presste sie gegen den Sesselrücken und flüsterte ihr zu: „Schließ mit deinem bisherigen Leben ab. Wenn du aufwachst, wird nichts mehr so sein wie vorher."

Dann verlor sie das Bewusstsein.

8. Am Hafen

Tabea und Kodo Steel wollten eine Hafenkneipe namens *Sansibar* aufsuchen. Der Wirt wusste Bescheid, wie der Soldat ihr versichert hatte. Hier würden sie den Zeugen finden.

Die Kneipe lag am Hafenrand. Ein großes Steuerrad mit gekreuzten Dreizacken hing über dem Eingang. Aus dem Schonstein quoll Rauch.

Sie gingen hinein. Von der Decke hingen Fischernetze, die Wand hinter der Theke war mit einem ausgestopften Barakuda verziert.

Tabea setzte sich an einen Tisch, während Steel zur Theke ging um mit dem Wirt zu reden. Es waren kaum Leute in dem Lokal.

Steel kam zurück. „Holly müsste gleich hier sein. Dein Zeuge. Er ist Dockarbeiter."

„Komischer Name."

„Es ist ein Spitzname. Ich habe was zu essen bestellt. Wen wir schon mal hier sind..."

„Eine gute Idee." Tabea hatte auch Hunger. Essen musste man sowieso irgendwann. Damit nutzte sie die Wartezeit sinnvoll.

Kurz darauf brachte der Wirt zwei Schalen mit dampfendem Eintopf, zwei Brotkanten und einen Krug Wasser.

„Fischsuppe," sagte der Söldner, „sein Spezialrezept."

Sie fingen an zu essen. Die Suppe war köstlich.

Sie waren mitten in der Mahlzeit, als ein Mann in abgerissener Kleidung das Lokal betrat und direkt zur Theke ging.

Tabea sprang auf und ging auf ihn zu. „Bist du Holly?"

„Warum willst du das wissen?" fragte der andere erschrocken.

„Du hast Andrax gesehen." kam sie gleich zum Punkt. „Wo genau war das?"

Der Söldner war nun auch zur Theke gekommen. „Hallo Holly, sie möchte wissen, o du den Mann auf den Plakaten gesehen hast."

Er schaute Tabea an. „Der blonde Mann, ja könnte sein."

„Nach deiner Aussage hat man ihn auf einer Trage an Bord eines Schiffes gebracht."

Holly nickte. „Auf einen Trawler, die *Seawolf*. Am frühen Morgen. Kapitän Larssens ist sonst erst sehr spät dran, das war ungewöhnlich."

„Hat er gelebt?" fragte Tabea.

Holly zögerte. Dann antwortete er: „Ich glaube, er war tot."

„Du glaubst? Was heißt das?"

„Er hat sich nicht bewegt. Und dann haben sie ihn einfach auf die Planken geworfen wie ein Stück Fleisch. So behandelt man keinen Verletzten."

Tabea blickte starr vor sich hin.

„Und jetzt?" riss Kodo Steel sie aus ihren Gedanken.

„Ich glaube nicht, dass er tot ist. Warum soll man eine Leiche aus der Stadt schaffen? Das macht keinen Sinn. Eher hätte man ihn den Muggelen überlassen."

„Um sicher zu sein, müssen wir nachsehen." sagte der Söldner nachdenklich.

„Wir sollen das Boot verfolgen?"

„Genau das." Steel nickte. „Ich habe gerade viel Zeit und Lust auf ein Abenteuer."

„Dann finde heraus, in welche Richtung der Trawler gefahren ist!" In Tabea erwachte der Kampfgeist. „Und wir brauchen ein schnelles Schiff."

9. Im Keller

Jessica Kontra erwachte in einem Keller. Rote Backsteinwände, der Boden aus Waschbeton. Der Raum war fensterlos, unter der Tür drang Licht durch.

Ihre Handgelenke waren mit einem Strick gefesselt, der an einem Haken befestigt war. Die Füße berührten knapp den Boden. Sie hing da wie Schlachtvieh.

Die unnatürliche Haltung schmerzte und die Einstichstelle ebenfalls. Außerdem wusste sie nicht, was der Mann mit ihr vorhatte. Sie war leicht benommen. Er muss ihr ein Betäubungsmittel gespritzt haben. Das erklärte auch ihre Kopfschmerzen.

Was hatte der Mann mit ihr vor?

Die Tür ging auf und Morloc kam herein. „Hallo Schätzchen" sagte er sarkastisch.

Jessica sagte nichts.

„Bist du mir böse?"

„Was wollen Sie von mir?"

„Ich will dich heiraten." erwiderte Morloc.

„Mich heiraten?"

„Gewiss."

„Aber Sie kennen mich doch überhaupt nicht."

„Das gibt sich mit der Zeit. Du kannst mich ruhig duzen, als deinen künftigen Ehemann."

Der Kerl musste verrückt sein, dachte Jessica.

„Ich bin schon verheiratet. Und man wird nach mir suchen."

„Man wird dich aber nicht finden. Und verheiratet bist du erst in ein paar Tagen."

Er nahm einen Strick und begann ihre Beine zu fesseln.

„Warum tust du das?"

„Ich heiße Morloc."

„Warum also, Morloc?"

„Weil ich dich heiraten will. Es geht nicht anders. Margareta hat es befohlen."

Meinte er Margareta Teacher, die Eiserne Lady? War er einer von ihren Chipträgern?

„Du hast einen Auftrag?"

„Ich konnte dem Programm entkommen, aber die Befehle sind immer noch in meinem Kopf und stören die Hochzeitsvorbereitung. Deshalb bringe ich die Familie zusammen, bevor ich vollkommen getarnt bin."

Jessica verstand kaum etwas. Wahrscheinlich war er in Teachers Supersoldatenprogramm gewesen und dabei war etwas schiefgelaufen. Dadurch war er durchgedreht. Sein Chip war defekt und gab ihm unsinnige Befehle.

Margareta Teacher war beim Kampf auf dem Friedhof erschossen worden, aber ihr Erbe lebte weiter.

„Hast du wirklich Andrew Max gesehen oder war das gelogen?"

„Wen?"

„Den Mann auf dem Plakat."

„Du meinst Vetter Goody? Der ist oben. Bereitet sich auf die Hochzeit vor. Ich muss ihn nur noch einkleiden."

„Du redest von dem Mann im Sessel?"

„Ja."

„Ist er betäubt?"

„So kann man das auch nennen. Deinen Humor wirst du übrigens noch brauchen. Er lachte hämisch.

Jessica bewegte ihre Finger. Sie waren fast taub. „Willst du mich nicht losbinden? Ich sage keinem was."

Sein Lachen erstarb. „Hältst du mich für blöd?"

„Die Nachbarn haben mich reingehen sehen."

„Egal. Die waren mit ihrem Streit beschäftigt."

Er küsste ihr auf die Wange. „Ich habe noch was zu erledigen. Bis nachher."

Dann ging er und schloss die Tür von außen.

Sie war in der Hand eines Wahnsinnigen. Wahrscheinlich kam sie hier nie wieder lebend raus. Und war der Mann im Stuhl Andrew Max? Sie hatte sein Gesicht nicht gesehen. War er betäubt oder schon tot?

Sie hörte das Schleifen von Messern. Morloc sang.

Ihr war auf einmal klar, dass sie hier sterben würde.

10. Gen Süden

Tabea und Kodo fuhren auf der Themse in Richtung Süden. Der Söldner hatte über den Wirt, der Delmaar hieß, eine Motorjacht organisiert. Offensichtlich hatte er gute Beziehungen.

Er gefiel ihr, aber dieses Gefühl wurde überdeckt von der Sorge über Andrax.

An Bord hatten sie genügend Trinkwasser, Gas, Treibstoff, Pökelfleisch und andere Vorräte für eine längere Reise. Zudem war Kodo ein fähiger Steuermann, wie sie bald merkte. Sie kamen gut voran.

„Da vorn," rief auf einmal Kodo, „das könnte sie sein."

Tabea schaute nach vorne. Sie sah in einiger Entfernung ein Wasserfahrzeug, das sich bald als größeres Boot oder kleines Schiff herausstellte.

„Fahr drauf zu!", rief sie.

„Bin schon dabei", rief er kampfeslustig. „Wirf mal einen Blick durch das Fernrohr, nur um sicher zu gehen."

Tabea visierte das Heck des fremden Schiffes an und erkannte deutlich den Schriftzug „Seawolf". Irgendetwas war sonderbar an dem Schiff, aber sie kam nicht darauf.

„Er ist es. Volle Kraft voraus!"

„Eye, Sir!" Der Sölnder schob den Fahrthebel bis zum Anschlagt. Der Diesel gab sein Letztes.

Der Trawler war nicht mehr weit entfernt. Da drehte er auf einmal längsseits. Außer dem Steuermann war niemand an Deck.

Steel steuerte die Jacht nahe heran und nahm die Fahrt weg. Es waren jedoch immer noch einige Meter Abstand. Zuviel zum Entern.

„Ich will an Bord!" rief Tabea.

„Gehe nie zu nahe an einen Feind, dessen Stärke du noch nicht kennst." parierte der Soldat.

Tabea fluchte leise, aber er hatte natürlich recht. Sie hatten keine Ahnung, was sie erwartete.

Auf dem anderen Schiff tauchte nun ein Mann in Offiziersuniform auf.

„Ahoi, Kapitän Larssens, nehme ich an?"

Der andere nickte knapp. „Was wollt ihr?"

„Mit ihnen sprechen, Kapitän. Haben Sie einen Fremden an Bord?"

„Einen blonden Mann Mitte dreißig." ergänzte Tabea.

Larssens starrte sie fassungslos an. „Da sind Sie bei mir falsch." entgegnete er.

„Können wir an Bord kommen?"

„Verschwinden Sie!"

Tabea wollte an Bord springen, sie waren nur noch drei Meter entfernt. Das war zu schaffen. Doch da tauchten sechs bewaffnete Männer auf. Sie waren vorher unter Deck gewesen.

„Runter!" schrie Kodo und warf sich auf die Planken. Tabea tat es ihm gleich. Da krachten schon die ersten Schüsse. Mehrere Kugeln schlugen in die Bordwand ein.

Der Söldner robbte in die Kajüte und zog Tabea hinter sich her. Pfeile flogen durch die Luft. Sie erreichten die rettende Kabine und der Söldner zog die Tür zu. Die Wände waten dick genug um keine Kugeln durchzulassen. Doch ein Schuss ging durch die Frontscheibe.

Steel startete den Motor und steuerte das Boot weg von dem Trawler. Bald waren sie außer Reichweite.

„Das war knapp" sagte Kodo, „hätte nicht gedacht, dass die gleich das Feuer eröffnen."

Tabea stand auf. „Damit ist klar, dass sie etwas zu verbergen haben. Andrax ist an Bord."

„Oder es sind Schmuggler, die ihre Ladung verbergen wollen." schränkte Steel ein.

Tabeas Blick war stahlhart. „Ihre Ladung heißt Andrax. Hilfst du mir, ihn zu befreien oder willst du zurückschwimmen?"

„Du hast Schneid, Tabea", entgegnete er, „das gefällt mir. Natürlich helfe ich dir."

„Dann lass uns einen Plan machen."

11. Morlocs Braut

Morloc wusch den Blonden und begann ihn einzukleiden. Hemd und Hose. Schuhe hatte er nicht für ihn. Man kann nicht alles haben.

So eine Hochzeit machte viel Arbeit. Seine Mutter und einen Onkel hatte er unbemerkt auf dem Tottenhamer Friedhof ausgraben können. Für die anderen Verwandten hatte er Vertreter gefunden.

Nach dem Kämmen der Haare betrachtete er sein Werk. Die Ähnlichkeit mit Vetter Goody war verblüffend. Jetzt musste er sich um seine Braut kümmern. Nach der Hochzeit war seine Tarnidentität komplett. So hatte es die Stimme in seinem Kopf befohlen.

Morloc schleifte den Blonden ins Schlafzimmer und legte ihn auf das Bett. Dann ging er in den Keller. Jessica kniff die Augen zusammen, als er die Tür öffnete.

Er hob sie vom Haken und setzte sie mit dem Rücken zur Wand auf den Hosenboden.

Morloc genoss das Gefühl von Macht, das er so lange nicht gekannt hatte. Diese Frau war in seiner Hand. Er konnte mit ihr machen, was er wollte.

Jessica schaute ihn an. „Bitte, lassen Sie mich gehen."

„Du sollst mich duzen und Morloc zu mir sagen." Er drohte ihr mit dem Schlachtermesser. „Soll ich ein paar Veränderungen an dir vornehmen?"

Sie schüttelte den Kopf. „Das ist nicht nötig, Morloc."

Er steckte das Messer wieder in den Gürtel und hockte sich vor ihr hin. „Das wird eine schöne Hochzeit. Schade nur, dass du die Flitterwochen in einer Kiste verbringen wirst."

Da klopfte es an der Außentür.

12. Der Trawler

Sie waren dem Trawler, von dem aus sie beschossen wurden, in großem Abstand gefolgt. Er war weiter auf der Themse in Richtung Süden gefahren und war am Ufer vor Anker gegangen.

Tabea beobachtete das etwa eine Meile entfernte Boot durch ein Fernrohr. Es war abend geworden.

„Wir warten, bis es dunkel ist", sagte sie zu Steel, der etwas Pökelfleisch zu sich nahm.

„Wenn wir den Motor anlassen bemerken sie uns sowieso", gab Steel zu bedenken. „Da können wir auch jetzt angreifen."

„Wir haben nur ein Schwert und zwei Messer", gab Tabea zurück. „Es ist unsere einzige Chance."

Der Söldner nickte. „Dafür muss es aber richtig dunkel sein."

Tabea hatte vorgeschlagen, zum Boot zu schwimmen. Steel jedoch hatte davon abgeraten, weil das Gewässer von Haigatoren nur so wimmelte. Diese gefräßigen Mutanten lebten vorwiegend in den schlammigen Uferregionen und warteten besonders nachts auf Beute.

Die Sonne versank langsam unter dem Horizont und in der Ferne lag ein dünner Schleier über dem Wasser.

Der Nebel! durchfuhr es Tabea. *Das ist die Lösung.*

„Wir kommen mit dem Nebel", sagte sie zu Steel.

„Sicher. Der Nebel dämpft alle Geräusche. Aber ob es für den Bootsmotor reicht..?"

Da hatte auch er eine Idee. „Wir nehmen das Faltboot." Jede Jacht hat eins an Bord.

Sie fanden das Rettungsboot und machten es startklar.

13. Flucht

„Wer ist da?", rief Morloc, nachdem er zur Haustür gegangen war.

„Ich, Miller!"

Es war sein Nachbar vom anderen Ende der Straße.

„Bei uns ist der obere Stock eingestürzt und Nadine ist im Keller gefangen. Wir brauchen jeden Mann. Hilf uns bitte!"

Morloc war diese Unterbrechung sehr lästig. Andererseits würde er sich unbeliebt oder sogar verdächtig machen, wenn er seine Hilfe verweigerte. Er warf einen Blick auf die Kellertür und dachte an seine Gefangene. Sie war an Händen und Füßen gefesselt.

„Ich komme!", rief er und verließ das Haus.

Nach dem Zuschlagen der Haustür wurde Jessica etwas ruhiger und schöpfte Hoffnung. Ihr Blick suche den Keller nach irgendetwas ab, womit sie ihre Fesseln durchtrennen konnte.

Ihr Blick fiel auf einen leeren Petroleumtank. Der Boden war herausgeplatzt und hatte scharfe Kanten.

Sie robbte durch den Raum zu dem Tank und brachte sich in die richtige Position. Dann scheuerte sie ihre Handfessel an einer scharfen Kante auf. Die Fußfessel war dann schnell gelöst. Beim Aufstehen stolperte sie gegen ein Regal, das umfiel.

Stein für Stein räumten sie die Trümmer weg. Morloc sah das im Keller verschüttete Mädchen als erster. Sie war nackt. Offensichtlich war sie von dem

Einsturz überrascht worden, als sie ein Bad nehmen wollte.

Morloc rief ihren Namen und fragte, ob es ihr gut gehe. Sie nickte.

Nachdem er die restlichen Helfer zu sich gerufen hatte, stieg er zu ihr hinab. Er streckte ihr die Hand entgegen und zog sie durch eine enge Öffnung ins Freie. Die Berührung und der Anblick des nackten Mädchens erregten ihn so sehr, dass er eine Erektion bekam.

„Danke!", sagte Miller.

„Oh, keine Ursache."

„Hey Morloc", sprach ein anderer Nachbar ihn an „Hast du Ratten im Keller?"

„Ich glaube nicht. Wieso fragst du?"

„Irgendwas hat laut gepoltert, als ich vorbeiging."

Morloc hatte einen schlimmen Verdacht. „Ich muss weg", sagte er und kletterte über die Trümmer. Auf der Straße bekann er zu rennen.

14. Angriff

Tabea und Steel hatten das Faltboot zu Wasser gelassen und ruderten langsam auf den Trawler zu. Steel deutete auf ein Seil, das am Heck des Schiffes ins Wasser hing.

„Das Lotseil. Da klettern wir an Bord", flüsterte er.

Schweigend ruderten sie und der Mond schickte seine Strahlen durch den dicken Nebel. Eine mystische Ruhe machte sich breit. Wie auf einer anderen Welt.

Als sie fast da waren, zogen sie die Ruder ein. Steel umwickelte sein Ruderblatt mit Stoff und drückte es gegen die Bordwand, um das Geräusch des Aufpralls zu dämpfen.

Sie kletterten nacheinander an dem Tau hoch, zuerst Steel und dann Tabea. Beim Aufstieg verletzte sie sich leicht am Oberschenkel. An der Bordwand waren Seepocken. Die Wunde blutete etwas, aber sie dachte nicht weiter darüber nach.

Auf Deck angekommen, besprachen sie die nächsten Schritte.

„Wir erledigen zuerst den Posten im Ruderhaus", erklärte Steel. „Dann legst du dich auf das Dach und ich rufe Kapitän Larssens nach oben. Er wird mich für einen seiner Männer halten. Wenn er die Treppe hoch kommt, springst du von hinten auf ihn und hältst ihm dein Schwert an den Hals. Wir nehmen ihn als Geisel. Die anderen werden dann nichts mehr riskieren wollen."

„Das klingt gut, so machen wir es." Tabea zog ihr Schwert.

Sie gingen in Richtung Ruderhaus. Steel voran, in jeder Hand ein Messer.

Steel entschwand kurz ihrem Blickfeld, als Lärm ertönte. Ein paar Männer waren an Deck gestürmt. Irgend etwas musste sie alarmiert haben.

Sie wollte die Seite wechseln und die Gruppe von hinten angreifen, da stand ihr schon einer der Männer im Weg. Sie trat ihm gegen den Brustkorb und er stürzte auf die Planken. Der nächste zielte mit dem Gewehr auf sie. Ihr Tritt fegte ihm die Waffe aus der Hand und sie streckte ihn mit einem Schwerthieb nieder.

Die anderen waren in der Übermacht ihre einzige Chance war nun, Kapitän Larssens doch noch in ihre Gewalt zu bringen.

Der erste Angreifer hatte sich wieder erholt und zog eine Pistole, mit der er auf Tabea zielte. Sie hieb ihm die Hand mitsamt der Waffe ab. Sein Schreien lockte seine Kameraden an.

Sie kamen von allen Seiten und umstellten die Kriegerin. Der Plan war gescheitert. Sie wusste nicht, ob Steel noch lebte.

Beherzt sprang sie über Bord.

Nach dem Eintauchen schwamm sie seitlich weg. Sie steckte ihr Schwert in die Rückenkralle, um besser schwimmen zu können.

Sie tauchte auf und schwamm an der Bordwand entlang bis zu dem Seil. Das Faltboot war verschwunden. Als sie sich hochziehen wollte, eröffneten die Männer auf Deck das Feuer. Sie hatten an dieser Stelle gewartet.

Tabea ließ sich wieder in das Wasser fallen und tauchte tief um den Geschossen und Pfeilen zu entgehen. Gleichzeitig schwamm sie weg von dem Trawler in Richtung Flussmitte.

Als sie sich weit genug entfernt glaubte, tauchte sie auf. Sie schaute sich um, um sich zu orientieren. Der Trawler lag schräg hinter ihr. Den Söldner war mit Sicherheit gefangen oder sogar tot.

Sie drehte sich im Wasser und erblickte das Faltboot. Sie schwamm darauf zu. Plötzlich spürte sie etwas an ihrem Bein.

Vor ihr tauchte eine Rückemflosse auf. Ein dunkles Wesen war unter ihr durchgeschwommen.

Es war ein Haigator. Der Gedanke durchzuckte sie wie ein Blitz. Das Blut aus ihrem Oberschenkel hatte ihn angelockt.

15. Morloc ist zurück

Jessica fluchte, weil sie das Regal umgestoßen hatte. Ihre Glieder waren noch steif. Unter der Tür drang Licht durch. Sie versuchte die Kellertür zu öffnen, aber sie war von außen verriegelt.

Sie ging zu dem Petroleumtank und drehte ein Stück Blech aus dem Boden. Dabei schnitt sie sich in die Hand.

Sie ging wieder hoch zur Tür und schob das Blech zwischen Tür und Rahmen. Es gelang ihr, den Riegel nach oben zu schieben und die Tür zu öffnen. Sie ging hinaus auf den Gang.

Ihr Plan war, möglichst schnell zu verschwinden und mit Verstärkung zurückzukommen. Aber da fiel ihr der Blonde wieder ein. Sie wusste zwar nicht, ob es sich um Andrew Max handelte, wollte ihn aber auf keinen Fall bei diesem Wahnsinnigen zurücklassen.

Sie passierte das Wohnzimmer. Die Tür war offen. Da war wieder dieser süßliche Geruch.

Als sie hineinschaute, traf es sie wie ein Schlag. Um einen großen Tisch saßen sieben Leichen in verschiedenen Stadien der Verwesung. Sie alle trugen feine Kleidung und wirkten hergerichtet. Sie starrte wie gebannt auf diese entsetzliche Tafelrunde. Da hörte sie plötzlich die Haustür zufallen. Sie drehte sich um.

Doch es war zu spät. Morloc versperrte ihr den Weg. „Es ist doch schön, wenn man aufmerksame Nachbarn hat", sagte er grinsend und ging mit schnelle Schritten auf sie zu.

Jessica ging in Kampfposition. Als Morloc nahe genug war, versuchte sie einen Mawashi-Geri. Doch er wich aus und trat ihr gegen die Beine. Dabei stürzte sie und schlug mit dem Hinterkopf gegen die Wand.

Morloc schlug ihr ins Gesicht und auf den Oberkörper. Durch einen Hieb gegen die Schläfe wurde sie fast bewusslos.

Morloc verschwand Richtung Keller. Dann kam er mit ein paar Stricken zurück und fesselte sie erneut. Dabei versuchte sie, in zu treten. Er biss sie so heftig in den Nacken, dass sie blutete.

Er schleifte sie zu einer Badewanne, über der eine Gießkanne hing. „Jetzt gibt es eine Dusche." Er hievte sie in die Wanne.

„Wenn du schreist, bringe ich dich um", drohte er ihr.

Sie nickte stumm.

Morloc zog an der Schnur und eiskaltes Wasser ergoss sich über Jessica. Sie schrie kurz auf und wimmerte jämmerlich. Er lachte.

„Macht es dir Spaß, andere Menschen zu quälen?", fragte sie.

Er schüttelte den Kopf. „Von Quälen kann doch keine Rede sein. Aber man muss natürlich rigoros vorgehen, wenn man seine Ziele erreichen und hinter feindlichen Linien überleben will. Du verstehst mich doch?"

„Ehrlich gesagt: Nein. Erklärst du es mir?"

Vielleicht war das ihre Chance, ein Vertrauensverhältnis aufzubauen. Sie hatte gelernt, sich bei Geiselnahmen oder in Gefangenschaft so zu verhalten. Man musste ins Gespräch kommen.

Er half ihr aus der Wanne und hängte sie mit ihrer Handfessel an einen Haken. „Zur vollständigen Herstellung meiner Tarnidentität muss ich meine Familie zusammenführen."

„Aber ich gehöre doch gar nicht zu deiner Familie", versucht Jessica, das Gespräch fortzuführen. „Hattest du noch nie eine Freundin?"

Die Frage ließ in erzittern. „Was meinst du damit?"

„Warst du noch nie verliebt? Gab es noch nie eine Frau in deinem Leben?"

„Doch." Morloc kratzte sich am Kinn. „Ist aber lange her."

Jessica schöpfte Hoffnung. „Du hast sie geliebt, nicht wahr?"

„Ja, das habe ich."

„Und hat sie dich auch geliebt?"

„Sehr sogar." Erschaute sehnsüchtig in eine imaginäre Ferne.

Jessica schöpfte Hoffnung. Sie hatte scheinbar einen Zugang zur Gedankenwelt dieses Psychopathen gefunden oder war zumindest auf dem besten Weg dazu.

„Und das hast du erreicht, indem du sanft und zuvorkommend zu ihr warst. Richtig?"

Er lächelte. „Es war die schönste Zeit in meinem Leben. Ich habe es wirklich geschafft, ihr Herz zu erobern."

„Oh, ist das romantisch", säuselte sie. „Und wie hast du das gemacht?"

„Ich habe es ihr aus der Brust geschnitten", sagte er mit metallischer Stimme.

Jessica verschlug es die Sprache. Ein Kloß entstand in ihrem Hals und ihr wurde leicht übel.

Morloc straffte seinen Oberkörper. „Genug von Mutter!", sagte er. „Du bist wichtiger. Ich lasse dich hier hängen, bis du getrocknet bist."

Er stopfte ihr einen Knebel in den Mund.

„Wir werden noch viel Spaß miteinander haben." Er streichelte sie an den Hüften und ging.

16. Kampf mit dem Haigator

Tabea ergriff nackte Panik. „Jetzt nur nicht den Kopf verlieren!", beruhigte sie sich dann wieder. Sie hatte noch nie im Wasser gekämpft und schon gar nicht mit einem Haigator, einer Kreuzung zwischen Hai und Aligator, die in Flüssen und auch im Meer vorkam.

Sie tauchte und schwamm unter Wasser in Richtung Faltboot. Es gelang ihr, das Schwert zu ziehen.

Das Tier hatte sie entdeckt und schwamm mit aufgerissenem Rachen auf sie zu. Sie hielt ihm das Schwert entgegen und es schnappte danach. Geistesgegenwärtig rammte sie ihm die Waffe zwischen die Zähne.

Der Haigator ließ kurz von ihr ab. Sie nutzte die Zeit für ein paar Schwimmstöße. Sie war durch und durch Kriegerin und würde ihre Haut so teuer verkaufen wie möglich. „Kämpfen bis zum Schluss!" war die Devise.

Er kam hinter ihr her geschwommen und griff von hinten an. Sie konnte jedoch ausweichen und der Raubfisch glitt an ihr vorbei. Sie bekam die Rückenflosse zu fassen und hielt sich daran fest. Er wurde etwas langsamer.

Das gab Tabea die Gelegenheit, sich auf seinen Rücken zu setzen. Nun musste sie handeln, bevor das Tier abtaucht.

Sie setzte die Klinge oberhalb der Augen an und rammte sie nach unten. Die Schädeldecke des Haigators bestand aus Knorpel, wie bei einem Hai. Sie hielt sich mit ihren Füßen an den Beinstummeln des Mischwesens fest, erhob sich leicht, und nutzte ihr Körpergewicht, um dem Tier die Schwertklinge mitten ins Gehirn zu stoßen.

Der Körper unter ihr erschlaffte und an ihren Händen spürte sie einen Strom von Blut aus der Wunde am Kopf.

Mit letzter Kraft zog sie ihr Schwert aus der leblosen Knorpelmasse und schwamm zu dem rettenden Boot. Erschöpft zog sie sich an Bord.

Den Mann, der am Heck saß, erblickte sie wegen der Dunkelheit erst sehr spät. Zuerst dachte sie, es wäre Steel, der nur eingeschlafen sei. Es war jedoch einer von Larssens Männers, der eine Pistole auf sie richtete.

17. Morlocs Triumph

Morloc sah, dass die Aufräumarbeiten vorangingen. Er war froh, dass er nun seine Ruhe hatte. Nadine war wieder angezogen und half ihren Eltern.

Er stellte sich vor, sie in seiner Gewalt zu haben. Wie Jessica. Aber für solche Gedankenspiele hatte er keine Zeit. Er musste die Zeremonie vorbereiten.

Jessica hatte den Blonden Andrax genannt. Er würde sich später um ihn kümmern. Ob es wirklich der Gesuchte von den Plakaten war, wusste er nicht.

Auf jeden Fall gehörte der Kerl jetzt ihm.

Er frisierte noch einmal die Leichen in seinem Wohnzimmer. Als er fertig war, betrachtete er die Tafelrunde. Die tickende Standuhr erinnerte ihn an das Verrinnen der Zeit. Und damit an seine Braut Jessica.

Er musste ihr klarmachen, wer der Herr im Haus war. Das hatte er auch bei dem Blonden geschafft. Schon beim ersten Fluchtversuch. Seine Regeln hatte er ihm mit dem Messer in die Haut geritzt.

Morloc lachte in sich hinein.

18. Gefangen auf der Seawolf

Tabea ärgerte sich über ihr Versagen. Sie saß im Faltboot, ihr gegenüber der Matrose mit der Pistole. Sie frohr und war klaschnass. Die Nachtluft war schneidend kalt. In ihren nassen Klamotten konnte sie sich kaum bewegen. Ihre Glieder waren steif und kalt.

Die Trawler-Besatzung hatte das Faltboot bei der Annäherung beobachtet und Larssens hatte einen seiner Männer hierhergeschickt, falls einer der Angreifer entkam. Tabeas Schwert lag zwischen den Beinen des Matrosen.

„Und was jetzt?", presste Tabea zähneknirschend hervor.

„Jetzt ruderst du zurück zum Trawler."

Sie nahm die Ruder. Am liebsten hätte sie ihm damit die Waffe aus der Hand geschlagen, aber in ihrer jetzigen Verfassung wäre sie zu langsam. Er würde sie einfach erschießen. Also verwarf sie den Plan und ruderte zur Seawolf.

Durch die körperliche Anstrengung und die unterdrückte Wut stieg ihre Körpertemperatur wieder auf normale Werte. Sie erholte sich.

Außerdem wollte sie auf den Trawler, weil sie Andrax dort vermutete. Lebte er noch? Darüber würde sie bald Gewissheit haben.

Als sie an Bord kletterte, ließ sie der Mann im Faltboot nicht aus den Augen und zielte mit seiner Pistole auf sie. Beim geringsten Fehler hätte er geschossen. Oben angekommen hoben sie starke Arme über die Reeling. Sofort wurden ihr die Arme auf den

Rücken gedreht und die Hände gefesselt. Dann spürte sie einen Schlag auf dem Hinterkopf gefolgt von einem stechenden Schmerz. Ihr wurde schwarz vor Augen und sie verlor das Bewusstsein.

19. Morlocs Familie

Morloc schleifte Jessica in das Wohnzimmer und setzte sie in einen Stuhl. Dann ging er weg und sie hörte Schritte auf der Treppe nach oben. Sie nutzte die Gelegenheit, sich diesen Raum näher anzusehen. Die kalte Dusche hatte sie munter gemacht. Vielleicht gab es doch eine Chance zu fliehen.

Der Anblick der drapierten Leichen ließ sie frösteln. Erst jetzt fiel ihr auf, wie sauber dieser Raum war. Damit stand er in völligem Gegensatz zu den anderen Räumen, die sie in diesem Haus bisher gesehen hatte. Sonst lag über all Staub. In diesem Raum herrschte eine markabre Behaglichkeit. Der Boden war mit dicken Teppichen ausgelegt. Auf dem Kaminsims stand ein gerahmtes Familienportrait. Darin brannte ein kleines Feuer. Es gab sogar eine Standuhr, deren Pendel hin- und herschwang.

Von der Decke herab hingen an unterschiedlich langen Fäden ausgestopfte Vögel. Sie waren kunstvoll präpariert und es sah aus, als würden sie fliegen. Außer Menschen präparierte dieser Mann also auch Vögel.

„Gefällt dir die Einrichtung?"

Sie war in Gedanken versunken und hatte ihn nicht kommen gehört.

„Ziemlich sauber." Sie wusste nicht, was sie sonst sagen sollte. Die Szenerie war zu gespenstisch.

„In der Tat." Er knabberte ein paar Kürbiskerne. „Mutter wäre zufrieden gewesen."

Er hielt ihr eine Hanvoll Kürbiskerne vor die Nase.

„Ich bin gefesselt."

„Schade für dich."

„Wann hast du eigentlich das letzte bisschen Menschlichkeit verloren?" Sie wollte irgendwie an sein Gewissen appelieren, falls es da noch so etwas gab. Wenn dann war es tief verschüttet. Sie musste geduldig sein.

Morloc pfiff verächtlich duch die Zähne. „Menschlichkeit? Was ist das? Eine Erfindung der Schwachen um die Starken zu zermürben. Ich falle nicht darauf herein. Hast du ein schlechtes Gewissen, wenn du einen Gegener im Kampf getötet hast? Nein, hast du nicht. Und ich auch nicht. Wir sind uns viel ähnlicher, als du es wahrhaben willst. Ja, wir passen gut zusammen, meine Raubkatze!"

„Ich töte niemals ohne Grund. Und ich genieße es auch nicht", gab Jessica zurück.

Er stellte sich breitbeinig vor ihr hin? „Ach ja, du tötest nur für einen höheren Zweck, weil du einen Auftrag hast. OK. Auch ich habe einen Auftrag. Und um den auszuführen ist mir jedes Mittel recht. Befehl ist Befehl. Bir dir ist das auch nicht anders."

Er musste den Auftrag von Margareta Teacher meinen. Davon hatte er schon mal geredet. Sie wollte mehr darüber erfahren. „Was ist das für ein Auftrag, Liebster? Deiner Verlobten gegenüber solltest du keine Geheimnisse haben. Also: Was hat dir die Iron Lady befohlen?"

„Teacher!", schnaubte er. Die Erwähnung des Namens bereitete ihm sichtbar Pein. „Sie ist die Stimme in meinem Kopf. Sie quält mich Tag und Nacht, bis ich meinen Auftrag erfüllt habe."

„Und der wäre...?"

„Eine geheime Identität annehmen und auf weitere Befehle warten." Seine Stimme klang entrückt, als würde er mit einem weit entfernten Wesen sprechen. „Und zu einer perfekten Tarnung gehört auch eine treue Ehefrau." Er begann, das Zimmer zu durchmessen. „Familie ist das wichtigste im Leben. Hat schon meine Mutter gesagt."

Sie versuchte ihm zu schmeicheln: „Deine Mutter war eine kluge Frau."

„Oh ja, sie wusste worauf es ankam im Leben. Alles hatte bei ihr seine Ordnung. Sie legte Wert auf Anstand! Darum kann ich dich erst heiraten, wenn die Familie versammelt ist."

Er blinzele versonnen, als würde ihm eine wichtige Tatsache erst jetzt klarwerden. Dann stellte er sich kerzengerade vor ihr hin und sagte feierlich: „Die Familie ist versammelt. Darum frage ich dich jetzt vor meiner Familie: Jessica Kontra, willst du meine Frau werden?"

Jessica lief es eiskalt den Rücken runter. Aber sie wusste, dass sie im Moment keine Wahl hatte. Sie musste Zeit gewinnen, das war ihre einzige Chance. Außerdem durfte man Irren nicht widersprechen. Also würde sie ab jetzt mitspielen und ihm sagen, was er hören will. Sie versuchte zu lächeln. „Ja, Morloc. Ich will."

Er schaute sie erst ungläubig an. Dann begann er wie ein kleines Kind hin- und herzuspringen. „Das ist großartig!" Er klatschte in die Hände.

„Und tu mir jetzt bitte nicht mehr weh, Morloc! Ich werde dir gehorchen wie eine gute Ehefrau."

„OK, aber ich werde dich noch untersuchen."

„Untersuchen?" fragte sie entgeistert

„Ich kaufe doch keine Raubkatze im Sack." Er lachte, als hätte er eine genialen Witz erzählt. Dieser Mann war ernsthaft geistesgestört und damit unberechenbar.

Ohne ihr die Fesseln abzunehmen begann er sie auszuziehen. Ihr Oberteil zerschnitt er dabei mit einer Schere. Jessica versuchte gar nicht erst, sich zu wehren. Es wäre völlig sinnlos gewesen. Außerdem war sie eine gehorsame künftige Ehefrau. Und die ließ sich von ihrem Verlobten auf einen Stuhl fesseln und die Kleider vom Leib schneiden. Was denn sonst?

„Vor der Untersuchung", sagte er, als sie ganz nackt war „stelle ich dir meine Familie vor."

Er ging zu dem Tisch und zeigte auf die Leiche eines alten Mannes mit zertrümmerter Schädeldecke. „Das ist Opa James. Er war immer ganz erschlagen von meinem Charme." Morloc lachte gellend. In dieser Manier wurden auch die anderen Leichen am Tisch vorgestellt. Nur einer fehlte: Vetter Goody. Den würde er später hinzuholen, versprach er. Jessica hoffte inständig, dass er noch am Leben war; besonders falls es sich tatsächlich um Andrew Max handeln sollte.

Morloc verschwand kurz und kehrte mit zwei großen Muttern zurück. „Das sind unsere Eheringe." sagte er grinsend.

„Aber vor der Trauung untersuche ich dich." Er atmete schwer und Jessica merkte, dass er erregt war. Sie schloss die Augen und beschloss, die ganze Prozedur stumm über sich ergehen zu lassen. Sie durfte ihn nicht provozieren. Um keinen Preis.

Zunächst griff er ihr fest in den Nacken, so dass sie den Kopf senkte. Er klopfte ihr mehrmals auf den Rücken, wie Ärzte das auch tun, wenn sie jemanden untersuchen. Dann griff er unter ihr Kinn und bog den Kopf zurück. Mit den Fingern schob er ihre Lippen zur Seite. „Gesunde Zähne." sagte er anerkennend. Morloc befühlte mit den Fingerspitzen ihren Hals und umfasste danach mit beiden Händen ihre Brüste und knetete sie heftig durch. Er keuchte und Jessica fürchtete, er würde sie gleich vergewaltigen.

Nachdem er mit ihren Brüsten fertig war, glitten seine Hände nach unten und umfassten ihre Hüften. Jessicas Beine waren an die Stuhlbeine gefesselt, so dass ihre Schenkel gespreizt waren. Er strecke Zeige- und Mittelfinger aus und führte seine Hand so weit es ging in ihre Vagina ein. Jessica warf den Kopf zurück und stöhnte auf. Sie konnte sich der Lustgefühle, die in ihr aufstiegen, nicht erwehren. Wenn er sie jetzt nehmen wollte, dann sollte er das einfach tun.

Doch er ließ ganz plötzlich von ihr ab wie ein Kind, dem sein Spielzeug langweilig geworden war.

„Ein wunderschöner und gesunder Körper", sagte er anerkennend. „Wie schade, dass wir uns nur eine Nacht miteinander vergnügen werden. Danach muss ich dich leider töten. Bedaure. Aber ich habe meine Befehle."

Jessica bekam eine Gänsehaut und zitterte am ganzen Leib.

„Du zitterst... Keine Angst. Ich werde dich ausstopfen. Dann bleibt du immer bei mir." Er lächelte breit.

„So, und jetzt hole ich Vetter Goody. Mach keine Dummheiten, Liebling. Ich bin gleich wieder da."

Er ging aus dem Zimmer.

20. In der Kühlbox

Als Tabea erwachte, bemerkte sie als erstes diesen Fischgeruch. Sie lag auf etwas glitschigem und kaltem. Ja, richtig. Sie war auf einem Trawler. Die Erinnerung kam langsam wieder. Ihre Wunde am Hinterkopf brannte fürchterlich. Aber das war nun ihr kleinstes Problem. Man hatte sie in eine Kühlbox gesperrt. Sie versuchte den Deckel aufzustemmen. Er gab nicht nach. Offensichtlich war er von außen verriegelt. Innen war es stockfinster und eiskalt. Wenn ihr nicht bald etwas einfiel, würde sie hier jämmerlich erfrieren.

Sie hämmerte gegen die Innenwand. Vielleicht war da jemand der ihr aufmachte. Hat man sie fälschlicherweise für tot gehalten? Dann gab es doch noch Hoffnung. Einen lebenden Menschen steckte man doch nicht in eine Kühlbox. Welchen Sinn hätte das?

Sie lauschte, aber es kam niemand. Was werden diese Männer mit ihr anstellen? Sie war völlig in ihrer Gewalt. Man könnte sie gefesselt über Bord werfen, um sie endgültig loszuwerden. Werden die Männer sie vorher noch vergewaltigen? Die meisten sahen nicht so aus, als wenn sie großen Erfolg beim anderen Geschlecht hätten. Und eine junge Frau an Bord, die sowieso sterben soll – diese Chance wird man sich nicht entgehen lassen.

Aber solche Überlegungen brachten nichts. Erstmal musste sie aus dieser verdammten Kiste raus. Alles war besser, als hier jämmerlich zu erfrieren. Lieber würde sie im Kampf sterben wie eine Kriegerin. Was war überhaupt mit Steel? Lebte er noch? Vielleicht konnte er ihr helfen.

„Steel!" rief sie laut. „Kodo!!" sie trommelte gegen den Deckel. Da merkte sie, wie das Atmen schwer wurde.

Ersticken! Das war der entsetztlichste Tod, den Tabea sich überhaupt vorstellen konnte. Sie musste jetzt aufpassen, dass nicht nackte Panik von ihr Besitz ergriff. Das wäre ihr sicheres Ende. Sie atmete flach, um Sauerstoff zu sparen. Gleichzeitig überlegte sie, ob sie noch irgendeine Chance hatte. Notfalls würde sie sich die Pulsadern öffnen, um dem Erstickungstod zu entgehen.

Plötzlich wurde es ganz hell und sie konnte wieder frei atmen. War sie am sterben? Menschen mit Nahtoderfahrung berichten immer wieder von einem hellen Licht und solchen Dingen.

Sie bewegte ihre Arme und jemand half ihr, sich aufrecht hinzusetzen. Er hatte auch den Deckel geöffnet. Ihre Augen brauchten etwas Zeit, um sich an die Helligkeit zu gewöhnen. „Bin ich tot?" hörte sie sich fragen.

„Nein, mein Schatz. Du bist hier bei mir."

Moment. Die Stimme kannte sie doch.

Sie drehte sich zu dem Mann, der neben ihr kniete.

Es war Andrax.

21. „Hochzeit"

Jessica blickte um sich. Ihre Augen suchten das Zimmer nach irgend etwas ab, was ihr Hoffnung geben konnte. Eine Waffe. Oder etwas, womit sie ihre Fesseln lösen konnte. Doch im Grunde war ihre Situation hoffnungslos.

Oben war Morloc zugange. Sie wagte nicht, sich vorzustellen, was er dort machte.

Selbst wenn sie über dem Kaminfeuer die Stricke verkohlen konnte – sie musste erstmal dorthin kommen. Wenn sie mit dem Stuhl loskippelte, würde das einigen Lärm verursachen und Morloc wäre sofort zur Stelle.

Außerdem wäre das gesamte Vertrauen, das sie zu ihm aufgebaut hatte, mit einem Schlag dahin. Er glaubte anscheinend wirklich, sie wollte ihn heiraten. Sie musste ihn in dem Glauben lassen. Unbedingt.

Er musste sie von sich aus losbinden. Das war die einzige Chance. Wenn es ihr gelingen würde, ihn einzuwickeln... Ja. Auch wenn es ihr noch so sehr widerstrebte: Sie musste ihe weiblichen Reize einsetzen und so tun, als wäre sie ernsthaft in ihn verliebt.

Morloc kam wieder in das Zimmer. Den Blonden hatte er nicht dabei. Dafür hielt er ein Hochzeitskleid in seinen Händen. Es sah gebraucht aus und hatte ein paar dunkelrote Flecken, die von Blut herrühren konnten.

„Für dich, Liebling!" sagte er freudestrahlend. „Gefällt es dir?"

„Oh Schatz, das ist ja wunderschön." schwärmte Jessica. Sie fand zunehmend Gefallen an der Schauspielerei. „Hast du das selbst gemacht?"

„Nein. Meine Mutter hat es genäht. Sie trug es bei ihrer Hochzeit. Die Ehe hielt aber nicht lange. Mein Vater wollte sich aus dem Staub machen, als sie mit mir schwanger war. Dieser Bastard! Sie hat ihn mit einem Küchenmesser erstochen und im Garten vergraben. Seitdem war ich ihr ein und alles."

Morloc war extrem stark auf seine Mutter fixiert. Das hatte Jessica inzwischen verstanden. Sie musste an diesen Film denken: *Psycho*. Morloc ähnelte auf fatale Weise *Norman Bates*. „Ein solcher Psychopath ist zu allem fähig." dachte sie. Und er hatte bereits getötet. Sie musste auf der Hut sein und jedes ihrer Worte wägen.

Seine Mutter hatte nach dem Mord an ihrem Mann alle ihre Sehnsüchte und Schuldgefühle auf ihren Sohn projiziert. Damit war er psychisch bereits vorbelastet.

„Deine Mutter bedeutet dir sehr viel, was?" sagte Jessica mit möglichst viel Zärtlichkeit in der Stimme.

„Oh ja. Auch wenn sie nicht immer fair zu mir war – was meine Bekanntschaften angeht."

„Keine deiner Freundinnen war ihr gut genug." sagte Jessica verwegen und zwinkerte ihm schelmisch zu.

„Nein, ganz im Gegenteil. Sie wollte mich mit jeder Frau verkuppeln, die ich nach Hause brachte. Am besten sofort. Aber keine hat es lange mit mir ausgehalten."

„Habt ihr sie...?" Jessica schluckte.

„Wir mussten sie beseitigen." Morloc sagte das wie jemand, der eine unangenehme Entscheidung treffen musste, aber leider keine andere Wahl hatte. „Der gute Ruf unserer Familie stand auf dem Spiel. Das hat Mutter immer gesagt. Trennungen gab es einfach nicht. Durfte es nicht geben."

Er ließ seine Zukünftige wieder allein und eilte nach oben. Das Brautkleid hatte er über einen Stuhl gehängt.

„Es liegt also nicht nur an dem Chip, dass er ein Rad ab hat." dachte Jessica. Die Veranlagung hatte er wahrscheinlich von Geburt an. Seine Mutter hat dann dafür gesorgt, dass er völlig durchgedreht ist. Und dann auch noch der verdammte Chip... Der hat ihm den Rest gegeben.

Dieser Chip musste ein Programm beinhalten, das seinen Träger zu einem Maulwurf macht, der sich in einer fremden Gemeinschaft einnistet. Der Befehl zum Aufbau einer falschen Identität war Teil des Programms. Irgendwie musste er aus Teachers Obhut entkommen sein und nun interpretierte er die Befehle aus dem Chip auf seine krankhafte Weise. Sein Mutterkomplex und die wahnhafte Sehnsucht nach einer intakten Familie hatten bei ihm sämtliche Sicherungen durchbrennen lassen.

Ein Poltern auf dem Flur ließ sie zusammenfahren. Morloc fluchte. Er schleifte den Blonden ins Zimmer. Seine Arme hingen schlaff herunter und sein Kopf fiel zur Seite. Der Mann war tot.

Nachdem er ihn in einen Stuhl gesetzt hatte, konnte Jessica einen Blick auf sein Gesicht erhaschen. Der Tote sah Andrew Max ähnlich. Aber er war es nicht. Sie atmete erleichtert auf. Ihre Lage verbesserte sich dadurch allerdings nicht.

Morloc richtete den Toten her, wie er es bei den anderen getan hatte. Jessica schaute auf das Brautkleid. Wenn er es ihr anziehen wollte, musste er die Fesseln lösen. Zumindest teilweise. Sie würde diese Chance nutzen. Sie hatte nichts zu verlieren. Dass er seine Ankündigung wahr machen würde, sie nach der Hochzeitsnacht zu ermorden, daran hatte sie nicht mehr den geringsten Zweifel.

Sie dachte noch kurz daran, die „Hochzeitsnacht" abzuwarten. Aber sie wusste nicht, was dieser Irre sich darunter vorstellte. Möglicherweise würde er sie gefesselt zu sich ins Bett legen oder sie vorher töten, um sich an ihrem Leichnam zu vergehen. Denkbar war auch, dass er sie unter Drogen setzen würde.

Als er mit dem Blonden fertig war, betrachtete er kurz sein Werk. Dann nickte er zufrieden und wandte sich wieder Jessica zu.

„Dann wollen wir mal."

Er band sie vom Stuhl los. Nun war sie nur noch an Händen und Füßen gefesselt. Er fasste ihr unter die Achseln und half ihr auf. Ihre Gelenke schmerzten und sie konnte ihre Glieder kaum noch spüren. Keine guten Voraussetzungen für einen Überraschungsangriff. Aber sie musste es wagen. Es war ihre einzige Chance.

Morloc nahm das Kleid von der Stuhllehne und befühlte den Stoff. „Wunderschön, nicht wahr? Es wird sich von deinem Blut rot färben. Ein Rot, auf das Tizian neidisch wäre. Kennst du Tizian?"

Jessica verneinte.

„Ein Maler. Wie mein Großvater. Er hat ein neuartiges Rot geschaffen, das menschlichem Blut ähnelt. Ihm zu Ehren will ich es nachempfinden. Mit echtem Blut. Mit *deinem* Blut."

Er hängte das Kleid wieder über die Lehne.

„Aber erst heiraten wir." sagte Jessica, um ihn abzulenken.

„So ist es." Er zog sein Messer aus dem Gürtel. Ich werde jetzt deine Fesseln lösen. Aber komm nicht auf dumme Gedanken. Verstanden?"

Jessica nickte.

Mit der freien Hand löste er zuerst ihre Fuß- und dann die Handfessel. Sie rieb sich die Gelenke. Ein Kribbeln in Händen und Füßen verriet ihr, dass das Blut zurückströmte. Sie spannte ihre Muskeln an, wie um zu prüfen, ob sie noch ihren Befehlen gehorchten. Morloc richtete das Messer auf sie und ließ sie nicht aus den Augen.

Mit der freien Hand nahm er das Kleid von der Stuhllehne und hielt es ihr hin. Jessica zog es sich über. Ihr war es recht, wieder etwas an zu haben. Und in dieser Lage war sie nicht wählerisch. Aber sie musste auch ihre Rolle spielen. Sie stellte sich in Positur.

„Wie sehe ich aus?"

„Hinreißend, Schatz!"

Sie wollte noch sagen, dass es Unglück brächte, wenn der Bräutigam seine Braut zu früh im Hochzeitskleid sehe. Aber sie verkniff es sich im letzten Moment.

„Und jetzt der Schleier." Morloc hielt ihr ein luftiges Stück Stoff hin.

Jessica setzte ein zuckersüßes Lächeln auf.

„Aber Schatz," sagte sie augenzwinkend „kennst du nicht die Tradition, dass der Bräutigam der Braut den Schleier anlegen muss? Das bringt Glück."

Diese Tradition hatte sie in diesem Augenblick erfunden. Sie beglückwünschte sich innerlich zu diesem Einfall.

Morloc war irritiert und ließ den Schleier sinken. „Ach ja. Das hätte ich fast vergessen."

Jessica hatte ihn an der richtigen Stelle erwischt. Es sollte eine *perfekte* Hochzeit werden.

„Du musst mir den Schleier mit *beiden* Händen anlegen, damit er richtig sitzt." Sie senkte leicht den Kopf.

Er zögerte kurz und steckte dann das Messer hinter seinen Gürtel. Dann hob er mit beiden Händen den Schleier über ihren Kopf.

Das war der Moment.

Jessicas rechte Hand schnellte explosionsartig nach vorn und ihre Finger bohrten sich in die Stelle direkt unter den Rippenbögen. Ein solcher Fingerspitzenstoß in den *solar plexus* konnte tödlich sein. Oder er machte den Gegner sofort bewusstlos.

Morloc taumelte zurück. Aber er war nicht bewusstlos. Offensichtlich war ihr Arm noch zu steif gewesen, um die Technik mit voller Kraft auszuführen.

Sie wollte nachsetzen, aber er wich behende aus und bekam sie von hinten zu fassen.

„Das war wohl nichts, Kätzchen."

Sie rammte ihren Ellenbogen in seinen Unterleib. Er krümmte sich vor Schmerzen.

„Zu früh gefreut!"

Jessica vollführte eine Pirouette und stieß ihm ihr Knie zwischen die Beine. Ein Handkantenschlag traf von oben seinen Nacken. Morloc ging zu Boden.

Jessica beeilte sich, ihn zu fesseln, bevor er wieder zu Bewusstsein kam. Sie sah sich ihr Werk an und zog dann die Stricke noch etwas fester.

Erst danach ging sie zum Fenster, öffnete es und rief um Hilfe.

22. Andrax!

Es war wirklich Andrax. In der Realität! Es war kein Traum. Tabea konnte es kaum fassen. Andrew half ihr aus der Fischkiste. Dann sanken sie sich in die Arme und küssten sich.

Tabea hatte tausend Fragen. „Ich habe mir solche Sorgen gemacht", begann sie.

Doch Andrax unterbrach sie. „Wir können später reden. Jetzt müssen wir dem Söldner helfen. Er kämpft an Deck mit Larssens Männern."

„Er lebt?" Tabea schnappte nach Luft. „Steel lebt? Und du kennst ihn?"

„Ja. Seit ein paar Minuten. Er hat mich befreit."

Andrax hob zwei Säbel vom Boden auf. „Die konnte ich erbeuten." Einen davon gab er Tabea.

„Jetzt aber los!" Andrew nahm die Stufen zum Deck und stieß die Luke auf. Tabea folgte ihm auf den Fersen.

Der Morgen dämmerte, als sie ihre Köpfe aus dem Schiffsbauch steckten. Es bot sich ein Bild der Verwüstung. Auf den Planken lagen Fische und Eisstücke. Holzkisten lagen mit offenem Deckel herum. Sie warem im Kampfgetümmel umgestoßen worden.

Mitten drin tänzelte Kodo Steel geradezu elegant umher und focht nach allen Seiten.

„Larssens Männer wollen ihn lebend haben", folgerte Tabea. Sonst hätten sie ihn längst erschossen. Aber warum? Hatten sie einen Auftrag? Und von wem? Steckten die Schwarzen Philosophen dahinter?

Andrax riss sie aus ihren Überlegungen. „Komm! Wir greifen an."

Sie stürmten an Deck.

Steel trat gerade einem der Matrosen mit voller Kraft in den Unterleib und verlor dabei selber das Gleichgewicht. Im Fallen rollte er sich gekonnt ab und zog eines seiner Messer aus dem Gürtel. Damit parierte er mehrere Angriffe und erledigte zwei von Larssens Männern.

Zwei der Männer zogen nun doch ihre Pistolen.

Andrax sprang auf sie zu und erwischte beide mit einem Säbelstreich. Sie waren am Hals getroffen und das Blut spritzte in hohem Bogen heraus.

Angesichts der gegnerischen Übermacht hatte es keinen Sinn, Gefangene zu machen. „Nur ein toter Gegner ist ein guter Gegner", dachte Andrax und spürte, dass er sich mit seinen Mitstreitern völlig einig war. Er würde nur tödliche Hiebe führen. Anders war dieser ungleiche Kampf nicht zu gewinnen.

Ein Matrose schwang einen Morgenstern. Tabea wich der tödlichen Stachelkugel aus und stieß ihm ihren Säbel von unten kommend zwischen die Rippenbögen. Der Mann sank zusammen und war sofort tot.

Commander Max hob die beiden Pistolen auf und schoss damit zwei Matrosen nieder. Tödlich getroffen krachten sie auf die Planken.

In diesem Augenblick holte Steel eine Laserpistole hervor.

Tabea blieb wie angewurzelt stehen. „Er hat deine Waffe", sagte sie zu Andrax, der unvermittelt neben ihr auftauchte.

Ihr Gefährte riss sie nach unten. „In Deckung!"

Gebückt erreichten sie die nächste Luke und stiegen die Stufen hinab. Der Söldner konnte mit der Laserwaffe ein Massaker anrichten. Da wollten sie nicht im Weg stehen.

Ein Matrose, der ihnen entgegenkam, endete durch einen Messerstich ins Herz. Max drehte die Klinge einmal herum und beförderte den Angreifer mit einem Fußtritt nach unten. Er zuckte noch einmal und blieb dann reglos liegen.

Unten war es dunkel und muffig. Von einem Mittelgang gingen rechts und linkt Türen ab.

Plötzlich öffnete sich eine davon und Kapitän Larssens kam heraus – mit einer Machinenpistole im Anschlag.

Andrew trat geistesgegenwärtig gegen die Kabinentür, die dann gegen Larssens Arm schlug. Eine Salve ging in den Türrahmen.

Sie stürmten wieder die Treppe hoch nach oben. Hier unten war es auch nicht sicherer.

Als sie wieder ins Freie kamen, hatte Steel ganze Arbeit geleistet. Die meisten Besatzungsmitglieder waren tot. Der Söldner legte eine Kaltblütigkeit an den Tag, die Tabea faszinierte aber auch erschreckte.

„Wenn er alle tötet, erfahren wir nie, wer hinter deiner Entführung steckt", sagte Tabea zu Andrax, während sie ihn am Arm festhielt. Sie hatten sich hinter einem Aufbau verschanzt.

„Du hast recht. Wir müssen versuchen, ihn aufzuhalten."

Doch war es dafür nicht schon zu spät? Tabea sah keinen Seemann mehr, der noch auf den Beinen war. Und Steel feuerte immer noch um sich. Wie im Rausch.

„Doch, einen gibt es noch", frohlockte sie innerlich.

In diesem Moment kam Kapitän Larssens an Deck, mit seiner Maschinenpistole im Anschlag.

„Steel!" brüllte Tabea aus Leibeskräften. „Wir brauchen ihn lebend."

Ein gleißender Strahl schoss über das Deck und bohrte Larssens ein fingerdickes Loch in die Stirn. Er blieb stehen als würde er überlegen, ob er tot sei. Dann begann sich sein Körper zu neigen und er krachte mit dem Gesicht zuerst auf die Planken.

„Verdammt!", schrie Tabea. Sie wollte zu Steel um ihn zur Rede zu stellen. Aber da begann Andrax neben ihr zu wanken. Er hielt sich an der Reeling fest. Mit der anderen Hand griff er sich an den Kopf.

„Andrax! Was ist los mit dir?" Sie stützte ihn.

„Nichts. Es geht schon."

„Erzähl keinen Unsinn! Was haben sie mit dir gemacht?"

Steel begann, die Leichen über Bord zu werfen. Sie beobachtete ihn aus den Augenwinkeln.

„Wo warst du die letzten sechs Tage?", hakte sie nach.

Andrax runzelte die Stirn. „Auf diesem Boot, nehme ich an."

„Nein!" Tabea schüttelte den Kopf. „Sie haben dich erst heute morgen hierher gebracht." Ihr Verdacht fiel ihr wieder ein. „Haben die Schwarzen Philosophen damit zu tun? Oder vielleicht Jack Smooth?"

„Richtig. Smooth. Was ist mit ihm? Habt ihr ihn geschnappt?"

„Leider nicht. Er ist seit einer Woche spurlos verschwunden. Genau wie du. Na ja, bis vor kurzem."

Andrax Gesicht war schmerzhaft verzogen. „Ich erinnere mich nicht. Da war ein Mann mit so einem seltsamen Namen..."

Tabea blickte finster. „Wenn dieser dämliche Söldner sich zurückgehalten hätte, könnten wir es von Kapitän Larssens erfahren."

Aber der war nun bei den Fischen.

„Was ist deine letzte Erinnerung?"

Andrax schloss die Augen und dachte scharf nach. „Der abstürzende Aeroplag... Und dann der Friedhof. Eine Kultstätte! Avebury!"

„Ja! Du erinnerst dich!" Tabea machte innerlich einen Sprung. „Die Schlacht auf dem Friedhof. Das war vor einer Woche. Groff und Koichi kämpften gegen die Rebellen. Denk weiter nach, Andy!"

Er verzog sein Gesicht. Das Erinnern strengte ihn an. „Ich erinnere mich an General Groff und den Aeroplagabsturz. Ich muss der Kultstätte geflohen sein. Danach ist alles verschwommen. Was ist mit Groff? Haben wir gewonnen?"

Tabea nickte. „Er ist tot. Ein umstürzender Stein hat ihn erschlagen. London wird von den Rebellen kontrolliert. Die Regierungsgeschäfte führt vorläufig Mr. Bean. Aber das alles ist jetzt unwichtig. Versuch dich weiter zu erinnern! Was ist passiert, bevor du an Bord dieses Schiffes kamst. Wann und wie bist du in Gefangenschaft geraten? Ein Zeuge hat ausgesagt, dass du auf einer Trage an Bord gebracht wurdest. Er hielt dich für tot."

Andrax zuckte mit den Schultern. Er litt offensichtlich sehr unter dem Blackout. „Ich bin erst in der Kabine wach geworden, als Steel mit befreit hat. Ich war gefesselt und er hat die Stricke durchgeschnitten. Dann sagte er, dass er mit dir hier sei und wir haben uns auf die Suche gemacht."

„Wie konnte er sich selber befreien?" sagte Tabea, mehr zu sich selbst. „Und wo hatte er deine Laserpistole her?"

„Er hat gesagt, er konnte seine Fesseln lösen", antwortete Andrax.

„Und wie?"

„Mit einem Nagel."

Tabea fuhr herum. Vor ihnen stand der Söldner.

In der Kammer, in der ich gefesselt lag, ragte ein Nagel aus einer Holzkiste. Mit ihm konnte ich meine Fesseln lösen. Hat lange gedauert aber funktioniert.

„Was ist mit der Besatzung?"

„Alle über Bord. Ist besser so. Bevor sie noch anfangen zu stinken..."

„Kannst du das Boot steuern?", fragte Tabea. „Wir müssen zurück nach London. So schnell wie möglich."

„*Wir?*" Der Söldner grinste verächtlich. „Von jetzt an bestimme *ich*, wohin wir fahren."

Mit diesen Worten richtete er die Laserpistole auf Tabea und Andrax.

23. Hommage an Tizian

Schon bald klopfte eine Patroullie an die Tür. Nachbarn hatten Jessicas Hilferufe gehört und die Behörden verständigt. Ein Hilfstrupp war gerade in der Nähe.

Jessica öffnete die Haustür. Sie war erleichtert beim Anblick der Sicherheitskräfte.

„Was ist hier los?", fragte der Hauptmann.

Jessica Kontra stellte sich vor und erklärte in militärisch-knappen Worten, was vorgefallen war. Der Mann schaute sie verwundert an. Ihr Name war ihm ein Begriff, aber seine Blicke wanderten verdutzt an ihr herunter.

Da begriff Jessica: Sie trug noch immer das Hochzeitskleid.

„Das erkläre ich später", sagte sie. „Kümmert euch zuerst um den Psychopathen. Ich muss mich umziehen und dann ins Hauptquartier."

„Wo finden wir ihn?", fragte der Hauptmann.

Jessica zeigte zum Wohnzimmer. „Da drin. Aber passt auf! Er ist gefährlich."

Seine Männer drängten hinein.

Das hatte nun ein glückliches Ende genommen, dachte Jessica. Aber leider konnte sie keinen Erfolg melden. Der Blonde war nicht Commander Max. Glücklicherweise!

Sie dachte an Tabea. Wie war es ihr wohl ergangen? Ob sie mehr Erfolg hatte?

Der Hauptmann steckte seinen Kopf aus dem Wohnzimmer. „Der ist ja krebsrot im Gesicht und kocht vor Wut."

Eine Hommage an Tizian.

24. Der wahre Steel

Tabea war perplex. Damit hatte sie nicht gerechnet. Andrax befiel wieder ein Schwindelgefühl. Seine Hand krampfte sich um die Reeling und er kniff die Lippen zusammen.

„Was soll das, Kodo? Willst du uns erschießen?"

„Nur wenn es sein muss."

„Warum tust du das?"

Steel lachte. „Was meinst du, warum ich dir geholfen habe? Ich tue nichts ohne Eigennutz."

„Was meinst du genau?"

„Na was wohl? Auf deinen Freund hier ist eine Belohnung ausgesetzt. Die wollte ich mir ursprünglich holen. Darum habe ich mich an dich dran gehängt. Als die Gang dich angegriffen hat, konnte ich dein Vertrauen erlangen."

Tabea war tief enttäuscht. Aber sie versuchte, sich nichts anmerken zu lassen. Sie hatte für diesen Mann wirklich so etwas wie Sympathie empfunden. Und nun das. Wie konnte sie sich nur so täuschen?

„Was meinst du mit *ursprünglich*?", hakte sie nach. „Haben sich deine Pläne geändert?"

„In der Tat. Lommis war ein gewiefter Schmuggler. Hinter dem bin ich schon lange her. Oder genauer: hinter seiner Ladung. Die ist viel mehr wert als dein Freund. Du kannst ihn behalten. Ich behalte den Trawler samt Ladung."

Eine glückliche Wendung. Was er sagte, klang skrupellos, aber logisch. Nach einer Verbrecherlogik. Aber sie traute dem Frieden noch nicht ganz.

„Was ist das für eine Schmuggelware?", fragte Andrax. Damit versuchte er Tabea eine Pause zu verschaffen, in der sie ihre telepathischen Kräfte fokussieren konnte. Sie wollte Steel belauschen, er kannte sie. „Waffen?"

„Viel besser." Steel hob einen der Fische und warf ihn Andrax vor die Füße. „Aufschneiden!" befahl er.

Andrax nahm sich ein Messer vom Boden und schnitt den Fisch der Länge nach auf. Es kamen Plastikbeutel mit weißem Pulver zum Vorschein.

„Drogen?", fragte Max.

„Gut erkannt. Koks um genau zu sein. Mit der Ladung hier an Bord habe ich ausgesorgt."

Tabea unterbrach ihr lauschen. Sie hatte den starren Blick bemerkt, mit dem ihr Freund den Söldner fixierte. Sie musste ihn von Dummheiten abhalten.

„Abgemacht", sagte sie schnell. „Du lässt uns gehen und wir bekommen unsere Waffen zurück. Wir sorgen dafür, dass du dich ungehindert absetzen kannst."

Steel überlegte kurz. „Ich könnte euch auch umlegen wie die anderen. Das wäre noch sicherer."

„Die neue Regierung steht hinter uns", versetzte Tabea. „Im Hafen wissen mehrere Leute, dass wir auf der Themse einem Trawler gefolgt sind. Man wird uns suchen. Wenn du uns tötest, wirst du dich nicht lange deines schmutzigen Reichtums erfreuen können."

Während Steel nachdachte, beugte sich Andrax zu Tabea und flüsterte: „Er ist ein verdammter Dealer. Wir dürfen ihn nicht entwischen lassen."

„Dann knallt er uns ab", sagte sie eben so leise. „Also lass mich machen."

Steel räusperte sich. „Wer garantiert mir, dass ihr euch an die Abmachung haltet?"

„Mein Schwur als Kriegerin", erwiderte Tabea.

„Das überzeugt mich nicht wirklich."

„Mehr kann ich nicht bieten. Wenn du uns tötest, bist du für den Rest deines Lebens auf der Flucht. Und irgendwann kriegen sie jeden. Unsere Angebot ermöglicht dir ein Leben ohne Sorgen. Wenn du dich nicht zu dumm anstellst."

Diese Worte verfehlten ihre Wirkung nicht. Er grinste verschmitzt. Scheinbar hatte er sich dazu durchgerungen, die beiden leben zu lassen.

„Also gut. Ich vertraue dir. Hoffentlich bereue ich es nicht."

„Ich halte mein Ehrenwort!", bekräftigte Tabea. „Und du verlässt dieses Land auf dem schnellsten Weg und kehrst nie wieder zurück. Verhöker dein Drecksezeug woanders. Ist das klar?"

„Sonnenklar, Lady!", antwortete Steel und deutete einen militärischen Gruß an. „Du hast wirklich Schneid..."

„Und das gefällt dir", schnitt Tabea ihm das Wort ab.

„Es läuft folgendermaßen: Ich deponiere in dem Faltboot eine Pistole. Dein Schwert liegt noch drin. Dann mache ich es los. Sobald es ein paar Meter entfernt ist, dürft ihr hinterherspringen." Er grinste. „Wenn ihr beim Boot seid, bin ich außer Reichweite."

„Ein Ehrenwort gilt dir wohl nicht viel?!"

„Dir glaube ich, Tabea. Aber dein Freund scheint nicht so recht einverstanden zu sein mit unserem *agreement*. Ich will einfach auf Nummer sicher gehen. Also: Einverstanden?"

„Einverstanden!"

Sie sah zu Andrax rüber, der sich ebenfalls zu einem knappen Nicken durchrang.

„Etwas würde ich noch gerne wissen", sagte Andrax. „Warum haben mich Larssens und seine Leute entführt und an Bord geschafft?"

„Ich habe keine Ahnung", sagte Steel.

„Wirklich nicht?", hakte Tabea nach.

„Was soll das?" Er verengte die Augen.

„Du kennst Larssens doch so gut. Wer arbeitet mit ihm zusammen?"

„Seine Partner haben mich nie interessiert. Nur sein Schmuggelgut. Und jetzt zur Reeling mit euch! Bringen wir es hinter uns."

Tabea und Andrew saßen in dem Faltboot und ruderten in Richtung der Motorjacht. Sie waren klitschnass aber glücklich. Die aufgehende Sonne wärmte sie uns ließ ihre Klamotten schneller trocknen.

Steel hatte die Maschine des Trawlers gestartet und dann das Faltboot losgemacht. Es war sofort mit der Strömung weggetrieben. Nach wenigen Minuten durften die beiden ins Wasser springen und dem Boot hinterheschwimmen. Tabea hatte es zuerst erreicht und hielt es in Position, indem sie gegen die Strömung ruderte.

Zum Glück waren sie keinem Haigator begegnet, fiel Tabea ein. An diese Gefahr hatte sie gar nicht gedacht. Aber egal. Nun war das Schlimmste überstanden und sie würden bald in Sicherheit sein. Nur das lückenhafte Gedächtnis ihres Gefährten macht ihr Sorgen. Was hatten die Entführer mit ihm angestellt?

Andy blickte dem Trawler hinterher. „Warum nur hat er sich auf diesen Handel eingelassen?", fragte er in Gedanken. „Und uns auch noch Waffen gegeben."

„Steel wollte uns zu keinem Zeitpunkt töten", sagte Tabea. „Ich habe ihn kurz belauscht. Er hat uns über seine wahren Motive getäuscht."

„Wie meinst du das?"

„Er hatte einen Auftrag. Er *sollte* Kontakt zu mir aufnehmen und bei deiner Befreiung helfen. Die Drogen waren eine Art Bezahlung."

„Dann wollte uns jemand heimlich helfen. Aber wer? Das macht alles keinen Sinn." Andrew fühlte wieder das Brennen hinter seiner Stirn. Er musste aufpassen, dass ihn die Situation nicht überforderte. „Wenn Steel ein Strohmann ist: Wer hat ihn beauftragt?"

Tabea ruderte weiter. „Das weiß er selber nicht." sagte sie dann, indem sie ins Leere starrte. „Steel ist ein Söldner und arbeitet gegen Bezahlung. In diesem Punkt war er vollkommen ehrlich. Seine wahren Auftraggeber kennt er wahrscheinlich nicht."

Sie ruderte schweigend weiter. „Aber Steel hat mir noch etwas anderes gesagt. Ob es irgend einen Sinn ergibt, weiß ich aber nicht."

„Nun sag schon!"

„Na ja, seine Theorie war, dass Kapitän Larssens von den selben Leuten angeheuert und in die Falle gelockt worden ist. Er und seine Männer sollten alle sterben, verstehst du? Das würde erklären, warum Steel niemanden von der Besatzung verschont hat. Das Massaker wäre in diesem Fall Teil seines Auftrages."

Andy griff sich wieder an die Schläfen. „Das macht keinen Sinn, du hast wie immer Recht. O Mann, ich habe das Gefühl mein Kopf explodiert gleich."

Tabea stellte das Rudern ein, Andy ebenfalls. Die Jacht war noch ein ganzes Stück entfernt. Sie würden mit ihr nach London zurückfahren. So hatten sie es beschlossen.

„Was haben sie mit dir gemacht? Wo bist du die sechs Tage gewesen?"

„Ich weiß es wirklich nicht, Tabea. Sonst hätte ich es dir schon längst erzählt."

Sie drehte sich um und setzte sich ihm gegenüber. „Wir werden es gemeinsam herausfinden."

Er begriff sofort, dass Tabea von ihren telepathischen Fähigkeiten sprach, die sie als *Lauschen* bezeichnete.

„Hat das nicht Zeit bis wir auf der Jacht sind?"

„Ich will nur sondieren. Geht ganz schnell."

Sie legte ihre Fingerspitzen an seine Schläfen. Ihre Stirn berührte die seine.

„Irgendetwas blockiert mich." sagte sie schon nach kurzer Zeit. „Ich komme nicht weit. So als würde ich in trübem Schlamm waten und dann kommt eine Wand."

„Was heißt das?"

„Möglicherweise hat dein Gehirn Schaden genommen." Sie sah ihn sorgenvoll an. „Irgendetwas blockiert den Großteil deiner Erinnerungen. Es ist wie eine Wand. Und die müssen wir durchbrechen. Wenn du wieder fit bist."

Andy starrte auf das Wasser. „Hat mir Groff das angetan? Oder... Jack Smooth?"

Seinen Erzfeind Smooth hatte er in der Stadt gesehen. Oder es war ein Roboter. Eine Kopie. Die Schwarzen Philosophen könnten ihn als Statthalter eingesetzt haben.

„Wer hat mich die ganze Zeit versorgt?" sagte er mit Unbehagen in der Stimme. „Ich war immerhin sechs Tage bewusstlos. Gab es eine Gehirnwäsche?"

Er schüttelte sich. „Nein! Wir müssen die Mauer durchbrechen. Ein paar Erinnerungen sind noch da. Wir waren auf der Suche nach Novitätenn."

„Daran erinnerst du dich. Das ist gut." Tabea holte tief Luft. „Wenn wir wieder in London sind, werden wir den Eraser bei Mr. Bean abholen."

„Was für ein Eraser?"

„Na, der Novitäten-Eraser. Erinnerst du dich?"

„Da war so was, ja. Es ist so verschwommen..."

Tabea blieb betont gelassen, um ihn nicht zu beunruhigen. „Keine Sorge, ich kenne mich damit aus. Ich zeige dir, wie er funktioniert."

Beide tauchten wieder ihre Ruderblätter ins Wasser. Sie nahmen Kurs auf die Jacht.

25. Zurück im Lager

Der Jubel im Lager war groß. Jessica Kontra war schon da und umarmte beide Rückkehrer. Doch etwas bedrückte sie. Die bildhübsche Afrikanerin sah mitgenommen aus.

Zunächst jedoch berichtete Tabea von ihrem Abenteuer: wie sie Andrax gefunden hatte. Steel erwähnte sie nur am Rande. Einerseits um sich selber keine Blöße zu geben und andererseits, weil sie ihm ihr Kriegerehrenwort gegeben hatte.

Danach war Jessica an der Reihe. Andrax und Tabea hörten kopfschüttelnd zu. Das Entsetzen stand ihnen ins Gesicht geschrieben. „Wo ist dieser Irre jetzt?", erkundigte sich Tabea nach Morlocs Aufenthaltsort.

„Immer noch hier im Lager", sagte Jessica finster. Das war es, was sie so belastete. „Die Gefängnisse sind überfüllt. Er braucht eine Einzelzelle. Wir haben ihn provisorisch untergebracht. In einer Art Käfig. Und da ist noch etwas: Den Zeugen, der uns auf die Spur des Blonden gebracht hat, können wir nicht mehr finden. Der Sicherheitsmann, der die Aussage aufgenommen hat, konnte ihn aber beschreiben."

„Und?", fragte Tabea.

„Die Beschreibung passt auf Morloc. Bis auf Bart und Brille. Als wenn er sich getarnt hätte."

Andrax runzelte die Stirn. „Dann hätte er euch absichtlich auf seine Spur gelenkt. Warum sollte er das tun?"

Jessica zuckte mit den Schultern.

„Ich werde ihn belauschen", sagte Tabea.

„Besser nicht." Jessica schüttelte sich. „Wer weiß, was du da findest. In diesem kranken Hirn."

Andrax rieb sich wieder die Schläfen. „Mir reicht es für heute. War ein anstrengender Tag."

„Vielleicht gibt es noch andere Methoden, die Wahrheit aus ihm herauszuholen", überlegte Tabea. „Wenn es sein muss, dann..."

„Alarm!", rief eine Stimme im Lager.

Ein Wächter kam herbeigelaufen. „Der Irre ist ausgebrochen. Wir riegeln das Lager ab. Er muss sich noch auf dem Gelände befinden."

„Wir kriegen ihn." Andrax zückte seine Waffe.

Tabea sah ihn skeptisch an.

„Ich bin ok", versicherte er.

Jessica hatte inzwischen ihren Gürtel umgeschnallt und lud einen 38er Revolver, den sie in ihren Holster steckte. „Also los!"

Sie verließen das Zelt. Inzwischen war das ganze Lager auf den Beinen. Bewaffnete durchkämmten das Gelände und schauten in jeden Winkel.

„Das alles wegen *einem* Mann?", fragte Tabea.

Jessica stand dicht hinter ihr. „Er ist wirklich brandgefährlich. Völlig unberechenbar. Geh kein unnötiges Risiko ein! OK?"

„Am besten wir schwärmen aus und treffen uns wieder am großen Zelt", ergriff Andrax die Initiative.

„Gute Idee", rief Tabea. „Ich fange bei der Scheune an."

Sie liefen los. Andrax ging zwischen den Zelten entlang und blickte aufmerksam nach allen Seiten. Jessica lief zum Zaun.

Tabea ging über den zentralen Platz des Lagers und dann in die Scheune. Hier war alles ruhig. Morloc konnte nicht einfach in der Gegend rumlaufen. Er musste sich irgendwo verstecken. Aber wo?

In der Scheune standen ein paar Pferde. Sie waren ganz ruhig und scharrten nur ein wenig mit den Hufen. Ein Eindringling hätte sie aufgeschreckt.

Die Kriegerin verließ die Scheune wieder und wurde von der Sonne geblendet. Sie fühlte sich von hinten beobachtet und drehte sich um. Auf dem Scheunendach sah sie, wie sich etwas kurz bewegte und dann erstarrte.

„Morloc!", dachte sie.

Er beobachtet vom Dach aus die Suche nach ihm. Psychopathen waren manchmal wirklich clever.

Tabea tat, als hätte sie ihn nicht gesehen und entfernte sich wieder von der Scheune. Dann ging sie einen großen Bogen und näherte sich von hinten. Sie versteckte sich hinter gestapelten Getreidesäcken und schlich zur Scheunenwand.

Kurz dachte sie daran, Verstärkung zu holen. Aber das würde Morloc vielleicht warnen.

Sie kletterte auf den Zwischenboden. Dort angekommen hörte sie ein Geräusch. Sie ging in Deckung und zog ihr Schwert. Sie *spürte* seine Anwesenheit. Vorsichtig ging sie weiter. Überall standen Fässer und lagen Säcke herum. Ideale Verstecke.

Plötzlich meinte sie ein Schmatzen zu hören. Sie blieb stehen. Tatsächlich. Konnte Morloc so abgebrüht sein, eine Mahlzeit einzunehmen, während sie nach ihm suchte? Er musste sie doch bemerkt haben.

Aber vielleicht war er durch das Essen abgelenkt?

Sie ging mit gezücktem Schwert auf die Trennwand zu. Mit einem großen Satz war sie im nächsten Augenblick hinter dem Bretterverschlag.

Dort stand ein Mann, der eine Pistole auf sie richtete. Er aß rohes Fleisch und sein Mund war blutverschmiert. Unverkennbar. Das konnte nur der gefährliche Psychopath sein.

„Schatz, wollen wir heiraten?" Morloc musste immer noch seinen Auftrag ausführen.

Tabea warf sich zur Seite.

Morloc schoss.

Der Schuss ging daneben. Tabea hatte sich abgerollt und stand wieder auf beiden Beinen. Sie war nun etwa drei Meter von ihm enfernt. Zu weit für einen Schwerthieb. Aber nah genug für einen Schuss aus der Pistole.

Bevor der nochmal schießen konnte, warf sie ihr Schwert nach ihm. Der Griff traf ihn am Schienbein und er stürzte. Dabei löste sich noch ein Schuss.

Tabea sprang auf ihn zu und trat ihm die Waffe aus der Hand. Er wurde gegen eine Wand geschleudert und verletzte sich an der Stirn.

Morloc bemerkte eine Heugabel, die gegen der Wand lehnte und griff sie sich. Er sprang auf und ging damit auf Tabea zu. Sie wich zurück.

„Ich werde dich heiraten. Du bist viel besser als die Negerin", sagte er breit grinsend. „Kodo hat mir schon erzählt, wie schön du bist."

„Kodo?" fragte Tabea entgeistert. „Kodo Steel?"

„Mein Vetter. Er wollte mich an dem Koks-Geschäft beteiligen. Aber ich habe im Moment anderes zu tun."

„Dein Vetter!", versuchte Tabea ihn abzulenken. „Dann gehört er doch auch zu deiner Hochzeitsgesellschaft."

„Zu *unserer* Hochzeitsgesellschaft. Ja, ich hätte auch ihn töten sollen. Aber er hat mich aus der Gewalt der Iron Lady befreit."

„Lass die Gabel fallen!" Hinter Morloc stand Andrax. Er war die Leiter hochgeklettert und zielte mit der Laserpistole auf den Verrückten.

Morloc drehte sich um. „Vetter Goody!", rief er freudig bei Andrews Anblick.

Tabea nutzte die Gelegenheit. Sie lief zu ihrem Schwert und hob es auf.

„Goody, wo warst du?", wiederholte Morloc und klang jetzt etwas verärgert. „Ich habe dich über all gesucht und schon eine Vertretung für dich gefunden."

Er ging auf Morloc zu.

„Kein Schritt weiter!", befahl dieser.

Morloc ignorierte die Warnung und ging weiter. Mit der Mistgabel zielte er auf Andrax Kopf. „Schon wieder einer. Nimmt das denn gar kein Ende?"

Andrax musste schießen. Er traf seine Schulter. Morloc schrie auf und ließ die Gabel fallen. Er taumelte nach vorn.

Tabea wollte ihn festhalten aber es war zu spät.

Er fiel durch die Luke, aus der Andrax gekommen war.

Ein dumpfer Aufschlag war zu hören.

Tabea und Andrax blickten durch die Luke nach unten und sahen Bewaffnete herbeieilen. Jessica stand bei den Soldaten und blickte hinauf.

Morloc war tot.

26. Ende

Sie setzten ihre Besprechung im großen Zelt fort. Jeder berichtete über die Geschehnisse der letzten Tage. Bei Commander Max war das ein Problem. Er zeigte sich aber zuversichtlich, dass sein Gedächtniss bald zurückkehren würde.

Beherrschendes Thema der Sitzung war die Frage, warum Andrax entführt worden ist. Wer hat Kapitän Larssens beauftragt? Sind es die selben Hintermänner wie die von Steel?

Tabea war sich sicher, dass Steel nur ein kleiner Fisch war. Man hätte nicht mehr aus ihm herausbekommen können, selbst wenn er noch lebte.

„Der einzige, der zur Aufhellung beitragen kann, ist Andrax", sagte sie. „Ich werde jetzt gleich noch einen Versuch wagen, die Mauer in seinem Gedächtnis zu durchdringen. Es geht Stück für Stück."

Wieder setzte sie sich Andrew gegenüber und betastete seine Schläfen. Nach kurzer Zeit tauchte ein Name aus dem Dunkel der Erinnerung auf: *Smooth*.

„Dann hat Jack Smooth dich entführt?", fragte sie.

„Ja", antwortete Andy. „Wir ahnten es bereits."

„Wie ist das genau passiert?", wollte Jessica wissen.

„Die Einzelheiten werden mit der Zeit auch ans Licht kommen", sagte Tabea. „Wir dürfen jetzt nicht zuviel erwarten."

„Eine Frage geht mir nicht aus dem Sinn", wechselte Jessica abrupt das Thema. „Wie konnte Morloc entkommen? Hat ihm jemand geholfen? Vielleicht Steel. Er war ja sein Vetter."

Tabea schüttelte den Kopf. „Er befindet sich auf einem Trawler auf der Themse oder bereits auf See und wird bestimmt nicht hierher zurückkehren."

„Wir konnten heute nicht alle Fragen klären, aber zumindest einige", schloss Commander Max die Versammlung. „Für heute abend hat uns Mr. Bean zu einem Essen eingeladen. Kein offizielles Bankett. Eher ein gemütliches Beisammensein. Und er will genau wissen, was alles passiert ist. Bis dahin lege ich mich noch etwas auf Ohr."

„Oh je, dann müssen wir alle nochmal erzählen." Jessica verdrehte die Augen.

„Das überstehst du auch noch", versetzte Tabea und stieß sie leicht mit dem Ellenbogen.

Alle lachten.

ENDE